기억을 읽다

기억을 잇다

소재원 장편소설

네오
픽션

차례

아버지라서

"치매 초기입니다."

서수철이 의사에게 치매 초기 진단을 받은 지 일주일이 지났다. 일흔둘. 세월이 흐르고 나이를 먹은 만큼 그가 치매라는 사실에 안타까워할 누군가는 적어졌다. 어떤 사람은 고령의 나이에 생기는 당연한 병이라 생각하기도 한다. 아마도 이십년 전에 그에게 치매가 찾아왔더라면 주위 모든 사람의 감정은 슬픔으로 마비됐을 것이다. 절대 인정할 수 없다며 의사의 멱살을 잡기도 했을 것이고, 많은 이들이 눈물을 보이며 그에게 진심 어린 위로와 희망을 전하려 애썼을 것이다.

세월은 이 모든 따뜻한 감정을 앗아갔다. 의사도 안타까움 없이 말했다. "치매입니다"라고. 그의 나이에는 흔한 병이라는 말투였다. 그가 잠시 멍하게 의사를 바라보았다. 의사는 위로하기보다는 엄연한 현실과 싸우길 원하는 듯했다.

"연세가 있는 어르신과 같은 분들에게는 흔히 나타나는 증상입니다. 약 잘 챙겨 드시면서 최대한 상태가 지연될 수 있도록 해야 합니다. 어떤 분들은 치매 초기 증상이 나타나고도 그 상태를 계속 유지하다가 돌아가시는 분들도 계셨어요. 걱정만 하실 문제는 아닙니다."

서수철은 힘없이 의자에서 일어나 천천히 병원 복도를 걸어 나왔다. 그가 중얼거렸다.

"세상에 당연한 건 없어. 나이를 먹었다고 모든 일을 체념하게 되지는 않아."

서수철의 목소리가 떨렸다. 약봉지를 들고 버스에 올라 시골에 위치한 혼자 사는 낡은 집으로 돌아가면서도 그는 계속 중얼거렸다.

"당연한 건 없어. 나이를 먹었다고 세상 모든 일을 체념하게 되지는 않아."

집에 돌아와서도 마찬가지였다. 그렇게 사흘을 보냈다. 자신이 치매라는 사실을 받아들이기까지, 그리고 이 상태를 받아들이고 계획을 세우기까지.

　서수철은 사흘이 지나면서 자신의 재산을 점검하기 시작했다. 통장에는 육십 평생을 교단에서 아이들을 가르쳤던 보상으로 받은 돈이 매달 조금씩 들어와 있었다. 이백 평가량 되는 마당에 삼십 평짜리 마루가 있는 낡은 주택은 돈이 되지 않을 것이다. 절대농지 지역에 자리 잡은 집터는 평당 이만 원도 안 가는 보잘것없는 땅이었다. 그 외에 고물이 되어 더 이상 쓸모없어진 오토바이와 소일거리로 가꾸던 집 옆의 일 마지기 정도 되는 밭이 재산의 전부였다. 많지도 않은 재산 목록을 정확하게 기재했다. 땅을 팔면 그래도 몇 백은 나온다. 밭까지 처분하면 대략 천만 원 정도가 마련될 것이다. 이 돈은 자식들이 커가면서 부쩍 힘들어하는 아들에게 마지막으로 보내줄 생각이다. 꾸준히 나오는 퇴직금은 다행스럽게도 몸을 의탁할 괜찮은 요양원에 갈 정도의 돈은 될 것이다.

　그는 안도의 한숨을 깊게 내쉬었다. 먼저 세상을 떠난 아내가 자신의 짐을 덜어주었다는 생각이 불현듯 스쳐지나갔다. 세월이 어미를 빼앗아가는 통곡할 현실을 자식마저도 담담하게 받아들였던 날들이었다. 세월이 지나면서 빼앗기는 수많은 것 중에 죽음만은 집요하게도 도망치지 않고 끝까지 의리를 지켜주었다. 억울하지만 사람들은 모두가 인정했다. 세월이 지나면 당연히 죽음은 찾아온다고, 호상이라며 그에게 위로 같지 않은 위로를 무의미하게 던져주었다. 아내의 빈자리를 인정하기까지 일년이 흘렀다. 자식은 사흘 장례를 끝으로 인정했을 현실이겠지만 그는 일년이라는 시간 만에 대성통곡하며 받아들일 수밖에 없었다. 젊음이 사라진 그의 몸이 조금씩 쇠약해지면서, 죽음은 결코 우리를 떠나지 않는다는 사실을 깨닫게 해주었다. 아내도 야속한 세월을 따라 떠난 것이리라. 곧 자신도 그렇게 떠나겠지.

이제 와서 아내가 먼저 떠난 자리가 왜 그리도 고마울까? 맨정신으로 아내의 빈자리를 슬퍼하고 그리워한 자신에게 감사하고, 그리 야속하다 원망했던 세월에 감사하고 있었다.

자신의 모든 것을 정리하는 데 일주일이 걸렸다. 칠십이년 동안 다른 누구보다 열심히 살았건만 자신의 인생 모두를 정리하는 데 고작 일주일이 걸렸다. 체념하고 지난 시간의 기억을 다시 한번 머릿속에서 살아 보니, 칠십이년이라는 시간은 짧은 한순간과도 같았다. '얼마나 더 살 수 있을까?'라는 의문과 감성은 존재하지 않았다. '내가 얼마나 맨정신으로 자아를 지켜낼 수 있을까?'라는 두려움이 문 앞에서 그를 불러내고 있었다.

일주일이 지나고 나서야 그는 아들에게 전화를 걸었다. 요새 통 연락이 없던 아들과 오랜만에 긴 통화를 하고 싶었다. 그는 혹시 잊어버릴까 봐 자신의 재산 내용을 종이에 자세하게 적어놓았다. 한 페이지도 안 되는 내용을 읽고 또 읽었다. 수화기를 들고 있으면서도 한 손에는 써내려간 재산 목록을 꼭 쥐고 있었다.

"네. 아버지."

힘없는 아들의 목소리가 들렸다.

"내 말 잘 들어라."

그는 안부도 묻지 않은 채 쉬지 않고 말했다.

"집과 땅을 팔 생각이다. 나도 혼자 사는 게 힘겹구나."

아들이 무슨 말을 하려는데 서수철은 단번에 말을 끊었다. 혹시나 "아버지, 저희와 사시려고 그러세요?"라는 말이 튀어나와 아들이 자신을 배반할 거라는 상상하기 싫은 확신이 그를 다급하게 만들었다.

"그렇다고 너희와 같이 사는 것도 힘들다. 나는 장성한 사람들이 서울 비좁은 닭장과 같은 공간에서 살을 부대끼며 살아가는 모습을 상상도 할 수 없다. 해서 여행을 다녀온 후 요양원에 들어갈 생각이다. 나와 비슷한 나이의 동무들과 함께 여생을 보내고 싶다."

너희와 같이 사는 것도 힘들다, 라는 말은 서수철의 마지막 자존심이었다. 미리 거절함으로써, 미리 면박을 줌으로써 그는 한결 마음이 가벼워지는 것을 느꼈다. 아들이 "아버지……"라고 말끝을 흐렸다. 그는 거침없이 손에 쥐고 있던 짧은 재산 목록을 마음 편하게 읽어 내려갔다. 전화를 하기 전까지만 해도 서운한 감정이 가슴속에 자리 잡을까 굉장히 신경 쓰였다. "저희와는 같이 못 살아요"라는 말이 터져 나올까 봐 심장이 오그라들 정도로 두려웠다. 미리 거절해야 한다는, 아비로서의 강인함과 체면을 살려야 한다는 마음이 초조함을 불러왔다. 다행히도 그가 먼저 아들에게 말함으로써 자존심을 지켰으며 서운한 마음을 가지지 않아도 되었다.

"내가 너에게 줄 수 있는 재산은 그리 많지 않다. 나도 충분히 마지막 여생을 즐겨야 하기 때문이다. 여행도 다니고 동무들과 술도 한잔 기울이고, 늙으니 군것질도 생각나는구나. 해서 나는 나 죽으면 장례 비용 하라고 천만 원만 너에게 보내줄 생각이다. 장례 비용을 부담시키는 못난 아비는 되기 싫구나."

"왜 그런 말을 하세요? 갑자기 왜 그러세요?"

"갑자기가 아니다. 매일 생각했고 충분히 시간을 두고 결정한 일이다. 그러니 군말 마라."

아들은 다음 말을 잇지 않았다. 기대는 하지 않았지만 못내 서운함이 서수철의 마음을 비집고 들어왔다. "장례 비용이라니요! 무슨 그런 말씀을 하세요!"라든지, 그래도 "저희가 모셔야지요! 왜 자식을 불효자로 만들려고 하세요!"라는 자식의 꾸지람을 듣고 싶었던 마음이 내심 있었나 보다.

아들이 물었을 때 속내는, "내가 치매다"라고 말하며 같이 흐느끼고 싶었다. 부자지간의 끈적하고 낯부끄러운 정을 느끼며 펑펑 눈물을 쏟고 싶었다. 하지만 고요한 적막만이 다가왔다. 아무 말도 새어나오지 않는 수화기 저편에 그는 나직이 말했다.

"밥은 먹었냐?"

서운한 마음을 밀어낸 부정이 건네는 안부였다. 서운한 감정은 잠시뿐이고 내 새끼가 밥은 잘 먹고 다니는지 걱정이 찾아들었다.

"네."

"아픈 데는 없고?"

"네. 괜찮아요."

"술은? 술은 요즘도 많이 마시냐?"

"아니요. 요즘은 자리가 별로 없어서 자중하고 있습니다."

"직장은 다닐 만하고?"

"똑같죠."

"야근 많냐? 회사 요즘 바빠?"

"경기가 안 좋아서요. 한가해요."

"애들은? 며늘아기는?"

"잘 지냅니다. 다음 달이면 벌써 아들 녀석 휴가 나옵니다."

"그래……."

잠시 침묵이 흘렀다. 아들 녀석은 아버지의 안부가 궁금하지 않은 것일까? 물음은 그에게서 끝났고, 어떤 질문이나 대답도 들려오지 않았다.

"이만 끊자."

"예. 아버지. 몸 건강하세요. 밥 잘 챙겨 드시고 조만간 내려갈 테니 저와 상의 좀 해요."

"아니다. 이미 결정했다. 끊는다."

서수철은 전화를 끊고, 탁 트인 마루에서 가을빛으로 물들고 있는 먼 산을 멍하니 바라보았다. 그는 씁쓸하게 웃으며 중얼거렸다.

"왜 그리 서두르는 거냐, 물어보는 게 그리 어려운 게냐."

서수철의 혼잣말에 서운한 감정이 잔뜩 묻어났다. 아들은 언제나 형식적인 인사말만을 내뱉었다. 건강하세요, 밥잘 챙겨 드세요, 이런 식의. 혹은 기약 없는 약속을 하는 것으로 마지막 인사말을 대신했다. 아버지에 대해서는 궁금한 게 전혀 없는 것 같았다. 어떻게 지내는지, 오늘은 뭘 했는지, 요즘은 누구와 담소를 나누는지. 그는 늘 아들에게 궁금한 것이 많은데 아들은 그렇지 않은가 보다.

*

전화를 끊은 서민수는 잠시 어느 이름 없는 공원 벤치에 몸을 맡겼다. 가족에게 출근한다 말하고 이곳을 찾은 지 벌써 일주일째다. 회사에 사표를 내고 삼십년을 근무하며 가족처럼 지냈던 사람들과 연락을 끊은 지 일주일이 지났다.

그를 위로한답시고 소주 한잔하자는 주위의 관심을 피해 숨어버린 지도 일주일이 흘렀다. 손에는 일주일 동안 늘 똑같은 점심 메뉴인 편의점 도시락이 들려 있었다.

서민수는 가족에게 퇴직한 사실을 알릴 수 없었다. 그의 아들은 군대에 갔고, 딸은 미취업자다. 십년째 갚고 있는 아파트 대출금도 남아 있다. 이런 상황에서 "나 회사 그만뒀어"라는 말을 꺼낸다는 것은 가족에게 면목 없는 일이다. 퇴직한 사실을 밝히는 순간, 가장으로서의 책임을 다하지 못한 죄인이 된다.

전자레인지에 데웠던 도시락이 아버지와 전화통화를 하는 바람에 차갑게 식어버렸다. 찬밥을 꾸역꾸역 입에 넣으며 멍하니 허공을 바라보았다. '내가 왜 이렇게 됐지?'라는 탄식이 절로 튀어나왔다. 크지 않은 기업이었지만 청춘을 모두 바친 회사였다. 그에 따른 보상이라고는 고작 오천만 원의 퇴직금과 회사에서 내준, 타고 다니던 칠년 된 승용차가 전부였다. 권고사직을 받았을 때 그는 어떻게 해서든 버티려고 노력했다. 아니, 버텨야만 했다. 비참하고 초라하지만, 어떻게 해서든 자리를 지켜야 했다.

매일 출근했다. 예전 같으면 자신에게 결재를 받으러 왔을 후배들이 이제는 바로 옆자리에 있는, 자신의 입사 동기인 이 부장에게로 갔다. 그는 일거리를 찾아 이리저리 회사를 돌아다녔다. 쓰레기를 치우기도 하고, 회사의 막내나 하는 커피 심부름도 자처했다. 여러 후배에게 커피를 건네며 '힘내서 일해!'라고 살갑게 굴었다. 십년 만에 직접 복사하는 일을 전담하기도 했다. 그때마다 동기나 후배들은 그를 따돌리기 시작했다. 그가 직원들 발밑에 있는 쓰레기통을 치워주려고 할 때면 "제가 할게요"라며 차갑게 말하고는 벌떡 일어나 분리수거함 쪽으로 몸을 홱 돌렸다. 그가 타서 책상 위에 올려둔 커피는 아무도 마시지 않았다. 차갑게 식어버린 커피는 쓰레기통으로 직행하기 일쑤였다. 복사기 옆에 떡하니 버티고 서 있는 그를 피해 옆방에서 복사하는 직원들이 조금씩 많아졌다. '당연한 일이야'라고 생각하며 그는 이해하려고 애썼다. 직원들 역시 가족이 있는 사람들이기에 자신을 지켜야 할 것이다. 그렇기에 자신에게 냉정할 수밖에 없을 것이다.

그가 어쩔 수 없이 사직서를 제출한 날. 아! 이 세상에 태어나서 그토록 눈물을 흘려본 적이 있었을까? 어머니가 돌아가셨을 때보다 더 많은 눈물이 그의 눈앞을 가렸다.

그날도 어김없이 직원들에게 커피를 나눠주고 있었다. 이십년을 함께 했던, 한때는 서민수의 팀원이었던 양 과장에게 커피를 건넸을 때였다.

"부장님! 그만하세요!"

양 과장이 벌떡 일어나 커피가 들린 그의 손을 세차게 때렸다. 커피는 바닥에 쏟아졌고 종이컵은 나뒹굴었다. 모두의 시선이 둘에게 꽂혔다. 양 과장과 서민수의 얼굴이 동시에 붉게 달아올랐다.

"부장님이 안 나가시면 누가 나가야 합니까! 왜 이렇게 이기적이세요! 부장님이 아니면 다른 사람이 나가야 해요! 전무님도 이미 나가셨고, 나이 드신 모든 분이 다 나가셨어요! 왜 부장님만 이렇게 버티고 계십니까! 왜 그러세요! 우리가 나갈까요?"

공격적인 양 과장의 말을 듣고도 그는 딴청을 피웠다.

"아이고! 커피를 흘렸네. 방해할 생각 없으니까 일들 해. 내가 닦을게."

서민수는 종이컵을 향해 고개를 떨구었다. 양 과장의 사나운 시선을 피해 천천히 몸을 숙여 종이컵을 쥐고는 주머니에서 화장지를 꺼내 바닥을 닦기 시작했다. 이것이 이 위기를 모면할 유일한 방법이었다. 서민수는 당혹스러워서 손을 떨면서도, 자신과 양 과장에게 향해 있는 직원들의 시선을 하나하나 맞췄다. 그들을 향해 '나는 괜찮다'라는 신호로 억지웃음을 내보였다. 그러자 양 과장은 분을 참지 못하고 그의 멱살을 잡았다.

"그만하세요! 제발 그만하시라고요! 이제 그만 나가주세요. 후배들을 위해서. 회사 식구들을 위해서 이제 그만 떠나달라고요!"

서민수는 얼굴에 웃음기를 거두었다. 양 과장은 거세게 그의 셔츠를 붙잡고 비틀었다. 서민수는 더 이상 직원들의 얼굴을 바라볼 수 없었다. 자신도 모르게 눈물이 흘렀다. 지금 나의 멱살을 잡고 있는 이는 누구인가! 오랜 세월을 함께한 나의 후배인 양 과장이 맞나? 양 과장이 결혼할 때 자신만큼 기뻐했던 사람은 없었다. 양 과장의 결혼식 동영상에는 그가 사회를 보는 장면이 녹화되어 있을 것이다.

양 과장은 그가 소개한 대학 여후배와 결혼했다. 가족보다 더 오랜 시간을 함께 보낸 양 과장을 그는 친동생이나 다름없이 대했다. 양 과장의 아내가 임신했을 때, 아마도 그가 제일 고생했을 것이다. 한창 회사가 바쁘게 돌아가던 때에 아내가 임신한 터라 양 과장은 매일 눈치껏 퇴근을 해야 했다. 그때마다 그는 밤샘 야근을 하며 양 과장의 일을 대신 처리해주었다. 그런 친동생처럼 여기고 아꼈던 양 과장이 나가라고 큰소리치며 자신의 멱살을 잡고 있다. 그의 눈물이 멱살을 쥔 양 과장의 손등에 떨어졌다. 그가 모든 것을 인정한다는 투로 나지막이 말했다.

"이것만…… 이것만 치우고 가겠네. 이것만…… 이것만, 치우게 해주게."

"에잇!"

양 과장이 거칠게 서민수의 멱살을 놓았다. 서민수는 천천히 다시 바닥으로 몸을 숙였다. 천천히, 아주 천천히 바닥을 닦기 시작했다. 눈물이 터져 나왔지만 흐느끼는 소리를 내지 않았다. 자신이 벌인 일을 떠넘기고 떠나는 마지막 모습을 남기고 싶지 않아서 바닥을 닦는 일에 열중했다. 흐느낌으로 직원들의 업무를 방해하는 추태를 보이는 것은 그 스스로 용납할 수 없는 일이었다. 하지만 아직까지 그에게 시선을 두는 직원은 한 명도 없었다. 아무도 그가 떠나는 것을 아쉬워하지 않았다. 모두 업무를 하기 위해 자리로 돌아가 앉아 있었다.

그는 이제 커피가 아닌 바닥에 떨어지는 자신의 닭똥 같은 눈물을 닦아내고 있었다. 그는 깨달았다. 자신이 남아 있으면 다른 직원들에게 더 큰 미움만 살 뿐이라는 것을. 그는 회사에 남아 있는 자신을, 모든 직원이 표현은 못하지만 마음속으로 응원하고 있다고 내심 믿고 있었다. 그 생각이 착각이었음을 느끼는 순간, 그는 체념할 수밖에 없었다.

그는…… 힘없이 바닥을 닦아내고 닦아냈다.

서민수는 사표를 들고 사장실을 찾았다. 무릎을 꿇고 빌어볼까도 생각했지만 더는 회사에 남아 있을 자신이 없었다. 이미 직원들에게 짐이 돼버린 그였기에. 그는 속해 있는 사회에서 철저히 따돌림을 당했다. 사표를 제출하고 짐을 꾸렸다. 오랜 세월을 근무했건만 짐은 박스 하나가 채 되지 않았다. 그는 직원 모두가 열심히 일하는 시간에 홀로 회사를 빠져나왔다.

그를 마중하는 이는 단 한 명도 없었다.

서민수는 도시락을 먹다가 말고 아내에게 전화를 걸었다.

"웬일이야? 이 시간에 전화를 다 하고."

"외근 나왔다가 전화했어. 뭐해?"

"그냥 있지."

서민수는 담배를 물고 불을 붙였다.

"지연이는? 면접 안 본대?"

"별로 내키지 않나 봐. 급여가 적다네."

"그런 정신으로 어떻게 사회생활 한다는 거야!"

서민수가 버럭 소리를 질렀다. 아내가 덩달아 곧은 소리를 냈다.

"괜찮은 곳들은 요즘 면접도 안 봐. 떡하니 자리 차지하고 있는 사람들이 있는데 직원을 뽑기나 하겠어? 그래도 서울에 있는 대학 나왔는데 작은 회사 보내고 싶어? 나는 대학 등록금이 아까워서라도 절대 안 보내!"

"이봐! 당신 남편도 자리 차지하고 있는 사람이야! 퇴물들 다 쫓겨나면 우리 가족 같은 집은 누가 먹여 살려! 다 놀고 있는데 누가 먹여 살리냐고! 지연이 같은 애들 때문에 아비들이 회사를 못 그만두는 거야! 알아?"

"당신 같은 사람들이 나가면 되겠네. 그럼 애들 다 취직하겠네."

아내의 비꼬는 말투에 답하는 서민수의 목소리가 공원 전체를 쩌렁쩌렁하게 울렸다.

"우리 회사라고 처음부터 잘됐었어? 쥐꼬리만 한 월급으로 시작해서 여기까지 왔어. 이미 밥상 다 차려져 있는 곳을 찾으려고 하니까 백수 생활을 오래 하는 거 아냐! 어떻게든 편하게 일할 생각만 하니까 그러는 거 아니냐고. 우리 때라고 늙은이들이 쉽게 자리 내줬는지 알아? 그래서 나도 작은 회사 들어가서 키운 거 아니냐고! 능력이 있으면 뭘 못해! 무능하니까 취직도 못하는 거지!"

"그래서 내가 신혼 때 고생이라는 고생 다 한 거 아니야!"

서민수가 자신도 모르게 이마에 손을 가져갔다. 한숨이 절로 나왔다. 잠시 침묵이 흘렀다. 다 타들어간 담배를 마지막으로 힘껏 빨았다.

"다음 달 안에 무조건 취직하라고 해. 나 오늘부터 출장이야. 보름 정도 집에 못 들어갈 거야. 끊어."

전화를 끊은 서민수는 터벅터벅 걸음을 옮겼다. 집에 들어갈 자신이 없었다. 퇴근하고 돌아가는 길이 이렇게 힘든 적이 있었던가? 집으로 가는 발걸음이 이렇게 무거웠던 적이 있었던가? 그는 지하철역으로 향했다. 잠시 노선을 확인하고 교통카드를 꺼냈다. 그가 지하철을 타고 몇 정거장을 지나 내린 곳은 용산역이었다.

*

　서수철은 깊은 산속 산소를 찾았다. 산소에 막걸리를 뿌리고 나서 그는 바닥에 털썩 주저앉았다. 맑은 하늘을 바라보며 시원한 물을 벌컥벌컥 들이켰다. 그가 산소를 이리저리 매만졌다. 잡풀들이 무성했던 산소가 그의 시원한 손놀림 몇 번으로 깔끔해졌다. 그의 손길은 부드러웠다. 사랑스러운 누군가를 어루만지는 느낌이었다. 새소리가 맑게 울려 퍼졌다. 그가 마치 앞에 누군가 있는 듯 다정하게 말하기 시작했다.

　"여보. 기억나나? 자네 뇌출혈로 쓰러져서 중환자실에 있었을 때. 자네 떠나기 전에 말이야. 죽을 때까지 끝내 내 앞에서 볼일을 보지 않았었지. 사람들이 그랬었네. 볼일을 보지 않은 상태로 며칠 동안 버텨낸다는 것은 아직 당신이 살아 있을 수도 있는 거라고. 죽은 사람은 절대 볼일을 참을 수 없다고 그랬거든. 그런데, 그런데 말이야."

　서수철이 옷소매로 눈물을 훔쳤다. 그러다가 마치 아내가 자신을 바라보고 있다는 착각이 들어서 부끄러운 듯 고개를 하늘로 올렸다. 그가 말을 이었다.

"의사한테 뇌사라는 말을 듣고 산소 호흡기를 떼려 했을 때, 처음으로 자네 대소변을 내가 받았었네. 의사가 하는 이야기를 들었던 걸까? 그래서 자네, 마지막이라는 걸 알고 그랬던 겐가? 어쩔 수 없었다는 말은 핑계겠지만 말이야. 나는 민수를 생각했어야 했어. 내 연금으로도 도저히 감당이 안 되는데, 자네가 떠나는 것은 원통했지만 민수 녀석이 힘들어하는 모습이 너무 안쓰러웠네. 자네 호흡기를 떼자고 녀석이 나에게 말할 수 있겠나? 그래서 그랬네. 그래서 내가 떼자고 했네. 용서해주게."

그가 산소에 얼굴을 묻었다. 북받치는 감정을 참을 수 없었다. 그는 어린아이처럼 펑펑 눈물을 쏟아냈다.

"왜 그래야 했는지, 왜 그렇게 자네를 보내야 했는지, 처음에는 참 억울했는데 말이야. 정말 너무 억울하고 분통해서 잠도 못 자고 울기만 했는데 말이야. 이제는 오히려 잘됐다는 생각을 하게 되네그려. 자네가 살아 있었다면 내 대소변을 받았어야 했을 테니까. 그래도 지아비라고 버리지도 못하고 힘들어하면서도 대소변을 받아냈을 당신이니까. 당신같이 착한 사람은 내 죽을 때까지 절대 죽지 않고 하루라도 더 살아내서 대소변을 다 받아냈을 테니까."

서수철의 울음은 서러움을 넘어서 뭐라 표현할 수 없는 감정 상태로 진행하고 있었다. 숨이 넘어갈 듯 울어대며, 그가 겨우 입을 열었다.

"나…… 여보…… 나 말이야…… 나 말이지…… 치…… 매…… 라……네. 병원에서 나 치매라네. 내가 치매에 걸렸다네. 치매에 걸려서 나중에는 아무도 기억 못 할 거라네."

서수철이 산소를 감싸 안고 얼굴을 비벼대기 시작했다. 마치 산 사람에게 매달려 한탄하는 것 같았다.

"당신을 기억할 수 있을까? 당신 고운 얼굴, 당신이 즐겨 불렀던 노래. 당신이 좋아했던 음식. 다 기억할 수 있을까? 당신이 기억에서 사라져버리면 어떡하지? 내가 백년해로 하기로 약속한 당신을 기억 못 하는 천하의 몹쓸 죄를 짓게 되면 어떡하지? 남편의 박봉으로 살림하느라 고생하면서도 늘 고맙다고 말해주던 당신을 기억하지 못하면 어떡하지. 당신의 생일도, 우리가 혼인한 날도 기억 못 하면 어떡하지? 나 용서해줄 텐가? 죽어서도 치매가 떨어지지 않고 죽어라 쫓아와서 하늘에 가서도 당신 기억 못 하면 어떡하지? 당신을 기억할 수 있는 지금 죽어버릴까? 차라리 지금 만나는 게 낫지 않을까?"

바람이 살랑 서수철의 몸을 감싸 안고 지나갔다. 마치 죽은 아내가 그를 안아주는 착각이 들 정도로 부드럽고 따뜻한 바람이었다. 그가 정신없이 눈물을 닦았다. 그가 애처로운 목소리로 말했다.

"사랑허이. 살아서는 그토록 부끄럼 타서 하지 못한 말이었는데 말이지. 정말 당신 사랑허이. 정말 사랑허이. 그런데 가장 걱정이 되는 일이 하나 있네. 내가…… 자네와 낳은 민수를 기억 못하면 어…… 떡…… 하…… 지?"

한동안 펑펑 울면서 서러움을 토해내던 서수철은 산에서 내려왔다. 산 귀퉁이에 낡은 오토바이가 서 있었다. 그는 큼직한 가방을 오토바이에 단단히 고정시켰다. 가방 안에는 당분간 입을 옷가지가 들어 있었다. 가족사진도 잊지 않았다. 오토바이에 시동을 걸었다. 고물이지만 엔진 소리 만큼은 아직 달릴 수 있다는 것을 확인시켜주듯 쌩쌩했다. 그는 출발하지 않고 한참을 오토바이에 앉은 채 멍하니 정면을 응시했다.

"어딜 가야 하지?"

막상 떠나려 하니 갈 곳이 없었다. 덜덜거리는 오토바이의 엔진 소리만이 떠날 채비를 갖춘 듯했다. 치매가 진행되기 전, 기억이 허락하는 한, 최대한 많은 곳을 가 보려 한다. 운치 있는 풍경이 즐비한 곳이나 좋은 사람들을 만나 기억 속에 담고 싶었다. 삶을 체념하니 다가오는 것은 낭만과 감성이었다. 좋은 곳이 떠오르지 않아서 그는 기억을 더듬기 시작했다. 과거를 떠올리며, 지나간 시간 속을 머릿속에서나마 새롭게 살아보기 시작했다. '어디를 갔었더라? 어디가 가장 좋았었지?'라는 질문들이 빠르게 기억을 되짚게 했다. 새삼 그는 살아 있다는 생각을 했다. 치매가 진행되면 자신이 저장해두었던 수많은 기억은 사라져버린다. 그렇게 되면 그는 자기 자신조차 인지하지 못할 것이다. 그의 기억은 과거에 행복했던 순간이 깃든 곳부터 가 보라고 추천하고 있었다.

"그래! 거기부터 가 보자!"

서수철은 손뼉을 짝 하고 마주쳤다.

오토바이가 천천히 움직이기 시작했다. 그가 흐뭇한 미소를 지으며 웅얼거렸다.

"민수가 좋아했던 곳인데, 오랜만에 찾아가 보는구나."

　서민수는 용산역에서 기차 시간을 기다리고 있었다. 전
광판에는 대부분 KTX 열차 시간이 써져 있었다. 그는 "광
주 가는 표 한 장 주세요"라고 했다가 소스라치게 놀랐다.
표 값이 삼만 원이 넘는다고 해서 당황스러웠다. 그는 기어
드는 목소리로 "KTX 말고 무궁화호로 주세요"라고 정정
했다. 그 탓에 두 시간을 기다려야 했다. 그는 기차를 기다
리며 자신의 행동에 대해 이런저런 생각을 했다. 여행갈 때
는 보통 삼십만 원은 기본으로 사용했던 가족들. 기름 값으
로 십만 원쯤은 아무렇지도 않게 썼던 그. 그래놓고 혼자
여행 갈 생각을 하니 삼만 원이 아까워서 두 시간을 기차역
의 TV를 보며 대기하고 있다니! 피식 웃음이 나오기도 하
고, 씁쓸하기도 했다. 사람들로 북적이는 역 대기실에 앉아
서 가만히 주위를 둘러보니 자신처럼 혼자 기차를 타기 위
해 모인 중년의 남성들은 대부분 TV 쪽으로 모여들고 있었
다. 젊은 사람들은 표를 끊고 바로 게이트로 들어가거나 역
한쪽의 커피 전문점이나 식당으로 향하고 있었다. 그 모습
을 바라보던 그는 점점 우울해졌다.

두 시간을 기다린 끝에 무궁화호 기차에 몸을 실었다. 대부분 자신과 같은 중년들이었다. 몇몇 청년들이 앉아 있었는데, 바로 앞의 한 청년이 통화하는 소리에 서민수는 더욱 공허한 감정이 밀려왔다.

"자기야, 난데. 짜증난다. KTX 표가 다 매진돼버려서 지금 무궁화호 타고 가고 있어. 시간 엄청 오래 걸려. 내려가면 자기가 좋아하는 와인바 가자. 거기 괜찮더라고."

와인이라……, 서민수의 딸도 소주보다는 와인을 즐겨 마신다. 중년들에게는 겁나는 술이기도 하다. 소주를 가장 맛있고 편안한 술로 느끼게 된 지 오래다. 다른 술을 즐길 엄두는 못 내고 살았다. 한 병에 삼천 원짜리 술과 몇 만 원짜리 술의 차이는 말할 수 없을 만큼 크다. 그뿐인가? 안주는 싸구려 막고기나 만만한 찌개가 주를 이룬 지 오래였다. 술값이 오만 원을 넘게 되면 왠지 모르게 가족에게 죄를 짓는 기분이 들었다.

서민수는 청년의 통화 내용을 듣다가 고개를 떨구어 자신의 두 손을 바라보았다. 거칠어진 손, 손목에는 싸구려 시계가 채워져 있었다. 양복은 어느 이름 모를 아울렛 매장에서 산, 십만 원짜리 유행이 한참 지난 모델이었다. 이년 전

에 가족과 함께 야시장에 놀러갔다가 산 구두는 삼만 원짜
리다. 지금은 너덜너덜한 모습으로 그를 바라보고 있었다.

서민수는 창밖을 바라보았다. 문득 친구들 그리고 직장
동료들과 소주잔을 기울일 때 하는 말이 떠올랐다.

"우리들의 소주잔은 눈물이 절반이다."

여행

서수철이 도착한 곳은 담양의 어느 한적한 대나무 숲이었다. 세월이 자신을 변화시킨 만큼 이곳도 많이 변해 있었다. 예전에는 사람들의 손길이 거의 닿지 않은 곳이었다. 도로도 없었고 공원도 조성되지 않은 자연 그대로의 모습이었다. 그는 잠시 갈피를 잡지 못하고 사람들이 연일 지나다니는 길목에 우두커니 서 있었다. '어디였지?' 이리저리 두리번거리며 아내와 아들과 왔던 곳을 찾으려고 애썼다. 예전보다 넓어진 공원은 대나무보다는 시멘트로 된 길이 숲을 이루는 느낌이었다. 그가 찾으려는 아들과의 추억 장소는 사라져버렸을지도 모르는 일이었다. 그가 무의식적으로 터벅터벅 걷기 시작했다. 얇은 가을 점퍼가 바람에 펄럭였다. 그을린 그의 얼굴에서 빛나는 눈동자는 조금씩 초조한 기색을 비추기 시작했다.

"빨리 찾아야 하는데……."

서수철의 걸음이 빨라졌다. 가물가물한 기억을 더듬으며 공원을 방황했다. 낡은 운동화는 그의 다리에 맞춰 걷는 일이 버거웠는지 계속 벗겨지려 했다. 공원은 여러 방면으로 길이 나 있어, 추억의 장소를 찾기란 더욱 어려웠다. 그는 공원 테두리를 따라 걷기로 하고 방향을 잡았다. 예전에 있었던 버스 정류장을 찾기로 결정한 것이다. 버스 정류장에서 내려 곧장 직진을 했었고 울창한 대나무 숲에 위치한 정자에서 아내가 싸온 도시락을 함께 먹었던 기억이 그의 걸음을 빠르게 만들었다. 반 바퀴쯤 돌았으려나? 목에 땀이 흥건하고 거친 숨을 몰아쉴 때쯤 "찾았다!"라고 소리치며 한곳을 응시했다. 예전과는 비교도 안 되는 큰 버스 승강장과 주차장이 구비되어 있었지만 주위의 산과 경관은 여전히 우직하게 자리를 지키고 있었다.

서수철은 버스 정류장을 바라보며 아들과 아내의 환영을 그려보았다. 그는 모자가 걸어가는 데로 뒤따라갔다. 옛 기억이 마치 현재 일어나는 일인 양 또렷해지고 있었다. 빈 손으로 걸어가던 아내의 오른손에는 하얀 보자기가 들려 있었다. 아들 녀석의 손에는 바람개비, 자신의 손에는 큼직한 돗자리와 물통이 들려 있었다. 그윽한 눈빛으로 앞서 걸어가는 모자를 바라보며 그는 흐뭇한 미소를 보였다.

어느덧 그토록 찾았던 정자가, 오랜 세월을 견디다 못해 반쯤 쓰러진 모습으로 그를 반갑게 맞이했다.

"아직 그대로 있었구나!"

서수철은 마치 오랜 친구를 만난 것처럼 반갑게 정자 곁으로 걸어갔다. 정자를 잠시 만져보려는데 순간 발이 멈칫했다.

출입금지. 공사 예정. 무너질 염려가 있으니 접근하지 마시오.

붉은색으로 쓰인 강렬한 경고 문구가 그의 발목을 붙잡았다.

"아니, 찾아봐야겠어. 내 기억이 맞을 거야."

서수철은 침을 꼴깍 삼키고는 길게 늘어져 있는 차단 줄을 넘어 정자 안으로 들어갔다. 그는 정자에 손을 대고 천천히 한 바퀴 스윽 하고 돌아보며 기둥들을 유심히 바라보았다. 한 기둥을 한참 보더니 다시 자리를 옮겨 다른 기둥을 바라보았다. 유심히 기둥을 바라보던 그는 이 기둥도 아니라는 듯 고개를 절레절레 흔들며 다른 기둥으로 걸음을 옮겼다. 세번째 기둥에 도착하자마자 그가 "찾았다!"라며 기쁨의 탄성을 내질렀다. 기둥에는 '서민수'라는 작은 글씨가 새겨져 있었다.

"녀석. 즐겁게 놀러 와서는 엄청 혼났었는데."

서수철이 기둥 앞에 쪼그리고 앉아 한참 동안 깊게 새겨져 있는 아들의 이름을 바라보았다. 아들이 일곱 살 때였을 것이다. 아내와 함께 여름방학을 맞아 나들이를 왔었다. 버스를 두번 갈아타고 두 시간이나 와야 하는 거리였지만 그는 이곳이 왠지 모르게 좋았다.

시원한 대나무 바람도 좋았고 이곳에 있노라면 왠지 모르게 마음이 차분해지는 것을 느꼈기 때문이다. 의지가 되는 공간이라고 해야 할까? 아마도 그랬던 것 같다. 아니, 지금도 느껴진다. 어쩐지 든든한. 무거웠던 마음이 차분히 가라앉았다. 어딘지 모르게 숨어 있는 자신의 편이 존재할 것 같았다. 그가 잠시 바람을 느끼며 눈을 감았다. 어느새 편안하게 엉덩이를 땅에 붙이고 앉아 있었다. 그가 오토바이에서 챙겨온 수첩을 점퍼 안주머니에서 꺼냈다. 그는 싸구려 펜으로 글을 쓰기 시작했다.

아들에게,

아들아! 내가 이제 마지막 여행을 시작하고 있다. 이 편지는 아마도 내가 요양원에서 더 이상 정신을 차릴 수 없을 때가 되어서야 네게 전달될 것이다. 나이를 먹으면 당연하게 찾아오는 병이니 너무 걱정하거나 자책하지 말길 바란다.

서수철은 마음에도 없는 소리를 적기 시작했다. 당연히 찾아오는 병? 그렇게 인정하지 않고 세월이 흘렀다고 해서 당연하다 생각하는 사람들을 원망하는 그가 웬일인지 아들에게 적는 편지에서 만큼은 치매에 대한 적대감을 드러내지 않고 있었다. 아직도 억울하고 분통하다. 치매라는 병마가 찾아왔다는 사실을 인정할 수 없고 부정하고 싶다. 왜 내게 이런 몹쓸 병이 찾아왔는지 길 가는 사람을 붙잡고 따지고 싶다. 왜 당연한 거냐며, 왜 늙은이들에게 치매가 당연한 병이냐며 누구라도 상관없으니 앉혀놓고 하소연을 하고 싶었다. 그런 그가 아들에게 만큼은 너그러운 마음으로 편지를 쓰고 있는 것이다.

어차피 늙으면 아이가 된다고 하더라. 어린아이는 자기 이름도 기억 못하지 않더냐. 나도 그저 인생의 마지막이 찾아옴에 그리된다 생각하고 받아들이기로 했다. 지금까지 많은 걸 기억하고 살아왔는데 이제는 조금 단순하게 세상을 모르고 살고 싶어지기도 하는구나. 솔직히 치매에 걸리면 어떻게 살지 두려워하기보다 마지막으로 경험할 기회가 새롭게 주어졌다 생각하고 살아보려 한다. 그러니 낙심하지 말고, 불효라 생각하지 마라. 네 힘으로는 어쩔 수 없는 순리이니까.

서수철의 펜이 잠시 멈칫했다. 눈동자는 편지의 첫 문장으로 돌아가 자신의 글을 차근차근 읽고 있었다. 행여 자신이 너무 슬프게 쓰지는 않았는지, 아들이 읽었을 때 죄책감을 안고 읽지는 않을지 유심히 검토했다. 그는 글이 만족스러웠는지 다시 펜을 움직이기 시작했다.

오늘은 담양의 대나무 숲에 와봤다. 네가 참 좋아했던 곳이었지. 내가 혼쭐을 냈던 기억도 떠오르는구나. 깔끔한 정자에 조각칼을 언제 숨겨왔는지 네 이름을 파고 있는 모습에 나도 모르게 손이 올라갔던 날이었다. 어린 네가 무엇을 안다고 그렇게 혼쭐을 냈는지. 지금 생각하니 마음이 아파오기도 한다. 네 어미가 말리지 않았다면 그날 우리의 나들이는 눈물로 막을 내렸을 것이다. 여기에서 가져간 나무로 네게 연을 만들어줬던 기억도 새록새록 피어나는구나. 연을 날리던 아이가 벌써 장성해서 가족을 이루어 살고 있다는 걸 나는 아직도 믿을 수가 없다. 여전히 내 눈에는 어린아이 그 모습 그대로인데, 작년 명절에 찾아온 네 얼굴에 있는 주름을 보고는 무척 놀랐다. 그런데 네가 서울로 돌아가니 다시 어린 네 모습만 떠오르고 지금의 모습은 떠오르지 않는구나.

서수철의 눈이 우수에 잠겼다. 잠시 눈을 감고 아들의 모습을 머리에 그려 보았다. 여전히 자신에게 투정 부리는 어린아이의 모습만이 잔류할 뿐이었다. 편지가 너무 감상적이지 않은지 다시 한번 검토해보았다. 그는 방금 쓴 부분은 마음에 들지 않는지 바로 다른 글을 써내려갔다.

　이제 쉰 줄이 된 너에게 몇 가지 내가 살아온 날들에 대한 충고를 하고 싶다. 자식이 둘이나 되니 버거운 하루하루가 이어질 것이다. 자식들이 장성할수록 힘겨워지고 무거워지는 것이 바로 아비의 마음이다. 하지만 어찌하겠느냐! 네 피붙이인 것을. 가끔은 장성한 녀석들이 제 구실 못하는 모습에 답답할 때도 있을 것이다. 너도 그랬지 않느냐. 서른이 거의 다 되어서야 우리에게서 벗어나지 않았느냐. 제 살길은 다 있는 법이다. 너무 걱정하지 마라. 나도 그랬다. 이 녀석이 언제나 밥벌이해 먹고살 수 있을지 걱정이 이만저만이 아니었다. 그런데 보란 듯이 잘 살고 있지 않느냐. 다 제 밥숟가락은 가지고 태어나는 법이니 과하게 신경을 써서 아이들에게 짐을 주지 마라. 네가 네 인생을 자식들에게 말해준다고 한들 절대 알아먹지 않는다. 너도 그랬고 네 자식들도 마찬가지다.
　내가 이렇게 이야기한다고 해서 네가 자식들 걱정을 안 하겠느냐? 당연히 할 것이 아니냐. 너도 내 말을 듣지 않는데 네 자식이라고 들을꼬? 부딪혀봐야 아는 게 인생이다. 사람은 미련한 짐승이다. 내가 이리 말해도 네가 몇 년이 지나면 내 말이 맞았다는 것을 깨닫고 '차라리 편안 하게 조바심내지 말고 있을 걸' 하고 후회하게 될 것이다. 인생은 부딪혀봐야 느낄 수 있고, 지나봐야 깨닫게 되는 오묘한 방정식이란다. 네 자식들도 부딪혀보면 알게 될 것이다. 세상살이에서 자신이 중심이 될 수 없다는 것을.

서수철은 아들에게 자신이 가지고 있는 지혜들이 사라 지기 전에 어떻게 해서든 전해주고 싶었다. 자신의 인생을 학습함으로 실수 없는 삶을 선물해주고 싶었던 것이다. 그 가 마지막으로 해줄 수 있는 선물이었다. 치매만 아니었다 면 오랜 시간을 두고 직접 이야기를 들려주고 싶은 소중한 삶의 자산이었다. 그는 아쉬운 마음을 뒤로 하고 열심히 글 을 써내려갔다.

마지막으로 네게 말하고 싶다. 네가 책임져야 할 대상 은 자식과 같이 분명 존재하지만, 너를 책임져야 할 대상 은 세상 어느 곳에도 존재하지 않는다. 그게 모든 사람의 업보이며 진리다. 명심하고 보상을 바라는 희생 따위는 애초부터 하지 마라. 인간에게는 조건 없는 희생만이 주어지며 보상을 바랄 시 사람은 언제나 상처를 받는다.

　나는 계속 여행을 떠날 참이다. 과거를 다시 한번 살아보며 조용히 내 삶의 마무리를 멋지게 하고 싶구나. 잘 지내고 있어라.

　서수철이 마지막에 '아버지가'라는 말을 적으려다 그만두었다. 왠지 모를 미안함이 아버지란 흔하디흔한 자신의 평생 이름을 부끄럽게 만들었기 때문이다. 그가 수첩을 덮고 자리에서 일어났다. 다시 정자를 더듬어 마지막으로 돌아보고 가려는데 사람이 인위적으로 남겨놓은 움푹 팬 느낌이 그의 손끝을 타고 전해졌다. 그가 본능적으로 고개를 돌렸다. 그는 누군가가 남겨놓은 표시를 보고 피식 웃음이 터져 나왔다. 왠지 모를 뿌듯함이 전해졌다. 표시는 다름 아닌 이름이었다. 한참을 뚫어져라 이름이 새겨진 곳을 바라보았다.

　"녀석, 가족들과 같이 왔었구나. 그래도 내게 맞은 기억보다 좋은 추억이 많았나 보다."

*

　서민수가 양복 상의를 손에 걸치고 대나무 숲에 들어섰
다. 광주 기차역에서 내려 여기까지 오는데 꽤나 고생을 해
야 했다. 사람들에게 물어물어 버스를 탄 서민수는 대나무
숲 버스 정류장에 서서 한동안 추억을 떠올리기에 바빴다.
딸이 열세 살 때, 아들이 열 살 때였을 것이다. 그가 회사에
서 자동차를 받은 날, 가족들과 함께 왔던 장소였다. 그때는
차가 별로 다니지 않던 시절이라 주차장은 규모가 작았던
걸로 기억한다. 넓은 공원이 조성되어 있는 길목으로 가지
않고, 그의 가족들은 대나무 숲을 비집고 들어가 넓은 정자
에서 휴식을 취했었다. 푸짐한 음식들과 즐겁게 뛰노는 아
이들과의 여행길이 엊그제 같은데 그의 하얀 머리가 세월
이 꽤 지났음을 각인시켜주고 있었다.

　대나무 숲 안쪽으로 조금 더 들어가자 뜨거운 햇볕이 차
단되어 선선함이 온몸을 훑고 지나갔다. 그의 이마에 흐르
던 땀은 금세 식었다. 주위를 둘러보니 경관은 여전히 수려
했다. 자식들에게 아빠가 최고였던 시절이었고 아내에게는
사랑을 듬뿍 받던 그였다. 회사에서는 그의 열정을 높이 인

정해 그 시절에는 고가였던 자동차를 아낌없이 지원해주었다. 젊은 패기가 넘치던 시절은 아니었지만 노련함과 열정이 적당하게 뒤섞여 직원들 중에서 가장 앞서 승승장구를 달리던 때이기도 했다. 그때 우리 가족은 어느 가족보다 단란했고 행복했다. 주말이면 어김없이 자동차를 끌고 어디든 가족과 떠나곤 했다. 나의 마음속에는 휴일에 가족과 함께해야 한다는 의무감이 자리 잡고 있었다.

서민수가 걸음을 옮겨 도착한 곳은 몇 시간 전 서수철이 머물렀던 자리였다.

"많이 변했군. 마치 내 모습과 같이 너도 폐기처분 되는 것이냐?"

경고판과 함께 접근을 허락하지 않는 정자를 보며 서민수는 탄식했다. 그는 거침없이 경고를 무시하고 태연하게 정자로 다가갔다. 아들놈이 새겨놓은 이름이 그대로 있나 보기 위해서였다.

"동쪽이었지? 아마?"

방향을 잡은 서민수가 빠르게 아들의 이름을 찾았다. 아들의 이름을 찾은 그가 고개를 갸우뚱했다. 아들의 이름 옆에는 자신이 생각하지 못했던 아내의 이름과 딸아이의 이름이 함께 적혀 있었다. 그때 같이 새겼었나? 기억을 더듬어 보았지만 잔류하는 무언가는 없었다. 그는 새겨진 이름을 자세히 들여다보았다. 희한하게도 아들의 이름은 오래된 흔적이 역력한데 아내와 딸의 이름은 새로 판 지 얼마 되지 않은 듯 선명하고 색도 맑았다.

"뭐야? 찜찜하게."

인상을 구긴 서민수가 털썩 주저앉으며 가족들의 이름을 조심스럽게 만져보았다.

"오래됐다. 우리, 함께 놀러간 적이 언제였을까?"

회사가 안정되면서, 나이를 먹어가면서, 서민수는 조금씩 시간이 많아졌다. 시간은 늘었는데, 퇴근시간은 빨라져만 가는데, 가족들과 함께하는 마음의 여유는 오히려 사라지고 있었다. 그가 집에 들어가면 아이들은 없었다. 조금 늦은 시간까지 아빠를 기다렸다가 꼭 얼굴을 봐야만 잠을 잤던 아이들은 이제 아빠라는 존재에 대해 별 감흥을 느끼지 않고 있었다. 귀신을 무서워할 나이에는 아빠가 악을 물리칠 수 있는 만능의 존재였기에 필요했고, 조금씩 머리가 커가면서 잠을 자지 않고 기다리던 이유는 그의 손에 항상 들려 있던 과자가 먹고 싶었기 때문이었다.

이제 귀신도 무서워하지 않고, 과자도 기다릴 나이가 지나버린 아이들에게 서민수는 해줄 수 있는 일이 아무것도 없었다. 아니, 있었다. 단지 그가 능력이 부족했을 뿐. 지금보다 능력이 있고 많은 것을 가졌더라면 자식들은 예전처럼 늦은 시간 그를 기다리고 있었을 것이다.

그는 딱 열세 살까지만 존중받을 수 있는 능력을 가지고 있었던 것이다. 그의 시선이 높게 치솟은 대나무에 고정되었다. 솟아오른 대나무를 보니 자신이 한없이 낮아졌다.

"이대로 끝나는 걸까? 나는 이대로 사라져야 하는 건가?"

서민수는 잠시 용산역에서 본 노숙자들을 생각했다. 예전 같으면 그들을 경멸했을 텐데, 이제는 자신도 이들과 같은 처지라는 생각이 들어서 측은함이 밀려왔다. 가족에게 돌아갈 수 없다. 자식들과 아내의 걱정과 원망, 절망의 눈초리를 바라봐야 한다는 것은 지금 그에게 상상하기도 싫은 일이다. 자산이라고는 보름 후에 들어오는 퇴직금 오천만 원과 이달 용돈으로 받은 삼십만 원이 전부인 그였다. 아직도 삼십 퍼센트의 집 대출 원금이 남아 있었다. 아들은 제대 후에 복학을 해야 하고, 딸은 아직도 세상의 중심에 자신이 서 있는 줄 알고 있었다. 딸이 명문대에 들어갔다고 자랑하고 다니던 그였다. 지금은 명문대라는 간판이 딸의 눈만 높여놨다는 사실이 답답했다.

온몸과 마음을 짓누르는 갑갑한 심정으로, 가슴을 세차게 여러 번 주먹으로 내려쳤다. 그때 전화벨이 울렸다. 딸이었다.

"아빠 지금 바빠."

서민수가 차갑게 말하고는 전화를 끊으려 했다.

"잠깐만!"

딸이 다급하게 말했다. 서민수의 손이 멈칫했다. 딸이 말을 이었다.

"아빠. 아무래도 나 어학연수 가야 할 것 같아. 어떻게 생각해?"

도피! 도피 행각을 벌이려는 딸의 수작이었다. 서민수는 최대한 침착하게 말했다.

"대학 때 갔다 왔잖아. 그만 취직해라. 엄마한테 들었지? 다음 달 안으로 무조건 취직해."

"토익이 너무 낮아. 그리고 요즘은 외국어 몇 개는 해야 한다고."

"엄마는 뭐라는데?"

서민수와 딸의 통화가 불안했는지 아내가 재빨리 전화를 받았다.

"여보, 둘째 제대하기 전에 빨리 보냅시다. 군대 가 있을 땐 애한테 좀 써도 되잖아요."

"여보…… 일단 취직부터 해서 지 힘으로 가라고 해."

"정말 왜 그래요? 애가 가고 싶다는데."

서민수의 언성이 조금씩 높아졌다.

"지금 도피하는 거야! 취직하기 힘들고 자신감 떨어지니까 도망치는 거라고!"

"그런다고 그냥 내버려둬요? 다들 세번, 네번씩 가는데 우리 애만 뒤처지니까 취직이 안 된다는 생각은 안 해봤어요? 자신감이 떨어지는 게 당연하죠."

"이봐! 벌써 일년이야! 일년 전에는 코 수술만 하면 취직할 수 있다면서! 또 뭐야! 애가 자꾸 눈만 높아지게 당신까지 왜 그래!"

잠시 정적이 흘렀다. 서민수가 마음을 가라앉히기 위해 숨을 골랐다. 지저귀는 새 소리가 그의 정신적인 안정을 도와주었다. 긴 숨을 내뱉은 그가 나지막한 신음소리를 냈다.

"당신은 내가 어디에 있는지, 밥은 먹었는지 궁금하지도 않아? 딸자식은 아비가 궁금하지도 않대? 내가 어디서 뭘 하는지 당신과 딸자식은 전혀 궁금하지 않은 거야? 나는 뭐야? 그저 돈 버는 기계인가? 아니면 당신들 거둬 먹이는 하인 정도? 나에게, 관심은 있는 거야?"

서민수의 말에 아내는 쌀쌀맞은 동문서답으로 일관했다.

"아무튼 어학연수 알아볼 거예요. 집에서 다시 상의해요."

뚝!

전화가 끊겼다. 서민수는 아는지 모르는지 끊겨버린 전화기에 대고 중얼거렸다.

"나 쫓겨났다고. 회사에서 쫓겨났단 말이야."

서민수의 목소리가 가늘게 떨렸다.

"이제 애들을 뒷바라지할 수 없게 됐단 말이야. 도저히 방법이 없다고. 보내고 싶지 않은 게 아니라 내가 할 수 있는 일이 없어."

눈에서 한 줄기 눈물이 흘러내렸다.

"한 번만, 한 번만 물어봐주면 안 되나? 내가 쫓겨났다는 말을 할 수 있게. 한 번만 나에게 말할 수 있는 기회를 주면 안 되는 거야? 왜 말할 수 없게 만드는 거야. 왜 약해지지 말라고만 하는 거야. 왜 나는 힘들다고, 가족에게 말하면 안 되는 거냐고. 나도 기대고 싶다고, 말하고 싶어. 왜 나를…… 죄인으로 몰아가는 거냐고."

서민수가 가족의 이름이 새겨진 기둥을 바라보았다. 선명하게 적혀 있지만 자신의 이름만이 까무잡잡하게 흐려져 있었다.

"어떡하지. 이제 어떡하지? 여보, 아들아, 딸아. 나 어떻게 해야 하지?"

*

서수철의 오토바이는 시속 오십 킬로를 넘지 않고 꾸준히 달리고 있었다. 그의 목에 걸려 있던 낡은 폴더 폰이 투박한 전화벨 소리를 세차게 내뱉었다. 좁은 이차선 도로에는 차가 다니지 않았다. 그는 후미를 잠시 둘러본 다음 오토바이를 길 한가운데에 세웠다. 그는 침침한 눈으로 번호를 확인하더니 서둘러 전화를 받았다.

"그래 웬일이냐?"

행동과는 다르게 딱딱한 어투의 말이 흘러나왔다.

"아버지, 부탁드릴 게 있습니다."

"말해라."

"요양원 들어가실 때……."

서수철의 가슴이 철렁 내려앉았다.

"잠시만 기다려라."

서수철이 재빨리 단단히 묶여 있는 가방을 뒤졌다. 그의 손에 들린 건 다름 아닌 낡은 통장이었다. 얼마나 남았는지 확인해야 했다. 통장에 찍힌 금액은 정확히 오백만 원이었다. 그는 재빨리 아들에게 말했다.

"내가 그렇지 않아도 연락하려고 했다. 집하고 땅이 오늘 계약됐다고 오백만 원이 들어와 있더라. 계좌 좀 불러봐라. 나도 지금 은행이다."

서수철의 피붙이이다. 왜 모르겠는가! 아비의 부정이 이미 아들의 입에서 무슨 말이 나올지를 느끼고 있었다. 그는 들을 수 없었다. 그래야 했다. 자식에게 서운한 감정을 느끼고 싶지 않았다. 원망하고 싶지 않았다. 소리치고 싶지 않았다. 미워할 수…… 없……었……다.

"며칠 뒤에 드릴게요."

"됐다. 주기로 한 돈이다. 끊는다."

서수철이 어느 시골 은행으로 들어왔다. 아들에게 편지를 적던 수첩에 새로이 적힌 계좌번호를, 입금계좌를 적는 용지에 정확하게 새겨넣었다. 은행 직원에게 통장과 계좌번호를 주었다.

"할아버지. 이 돈 다 송금하실 거예요?"

"네."

"그럼 수수료가 나와요. 천오백 원이요."

서수철이 주머니를 뒤적였다. 만 원짜리 두 장과 오천 원짜리 한 장이 그의 손에 들린 전부였다. 그가 오천 원을 건넸다.

직원은 빠르게 이체를 시키고 영수증을 서수철에게 건넸다. 그는 영수증을 꼼꼼히 바라보며 아들의 계좌에 제대로 들어갔는지 확인하고 또 확인했다. 천천히 은행을 빠져나온 그가 담배를 찾아 은행 계단 앞에 쭈그리고 앉았다.

사흘 뒤에나 연금이 들어온다. 그때까지 이만 삼천오백 원이라는 돈으로 여행을 가야 한다. 서수철은 '다시 집으로 돌아갈까?' 생각하다가 고개를 절레절레 저었다. 마지막 여행이었다. 기억이 사라지는 순간까지는 어떻게 해서든 과거를 살아보고 싶었다. 그는 혹시나 돈이 주머니에서 빠져

나갈까 헬멧을 쓰기 전 머리 위에 조심스럽게 돈을 올려놓
았다. 그가 오토바이에 시동을 걸었다.

"어디냐고 물어보는 게 그리 어렵더냐. 몸은 괜찮냐고,
안부를 물어보는 일이 그리 어렵더냐."

서운함이 밀려왔지만 역시나 잠시 뿐이었다. 서운함을
잠재우자 빠르게 아들에 대한 걱정과 궁금증이 밀려왔다.

"왜 돈이 그리 급하게 필요한 게냐. 무슨 일 생긴 거냐?"

*

서민수가 근처 은행에서 돈을 확인하고 아내에게 송금
한 뒤 전화를 걸었다.

"일단 오백만 원 보냈어. 친구한테 빌렸는데 이달 월급으
로 갚아야 하니 손가락 빨 준비나 해. 비행기 표 값 말고는
일체 주지 마. 알겠어?"

아내가 오랜만에 서민수에게 살갑게 대답했다.

"고마워. 그래도 딸인데 비행기 표는 우리가 해줘야지.
여보 언제 와?"

"말했잖아. 보름 후에 간다고."

"알았어. 와서 얘기해."

전화통화는 짧았다. 서민수는 터벅터벅 버스 정류장으로 향했다. 그가 힘없이 중얼거렸다.

"언제 오냐는 말을 오랜만에 들었는데 왜 이리 두려운 걸까?"

동행

밤이 깊었다. 얼마나 달렸는지 오토바이 엔진은 뜨거운 열을 내뿜고 있었다. 서수철이 잠시 한적한 시골 동네를 찾았다. 가로등이 겨우 길을 밝히고 있는 어두운 동네에서는 물도 쉽게 구할 수 없을 것 같았다. 헬멧 속에 넣어두었던 지폐가 축축하게 젖어 흐느적거리고 있었다. 그는 시멘트로 잘 닦인 골목길에 오토바이를 세운 뒤 바닥에 잠시 몸을 맡겼다. 찢어질라, 조심스럽게 지폐를 펴서 손바닥 위에 올려놓았다.

"잠을 좀 자야 할 텐데……."

서수철은 걱정스러운 마음에 중얼거리며 주위를 두리번거렸다. 이제 열한시. 시골의 밤은 일찍 찾아오기에 도시와는 전혀 다른 모습을 연출하고 있었다. 그가 '구멍가게를 찾아볼까?' 생각하다가 그만두었다. 끼니때를 놓쳤지만 배는 고프지 않았다.

"참…… 난감허이."

서수철은 오늘 밤에 묵을 곳이 없다는 사실에 당황했다. 언제였을까? 살아오면서 잠잘 곳을 걱정하던 시절은. 칠십 년을 넘게 살았지만 한 번도 잠자리 걱정으로 하루를 보냈던 적은 없었다. 다른 이런저런 걱정이 찾아오긴 했지만 기본적으로 갖추고 있었던 잠자리 때문에 걱정을 했던 적은 유년시절에도, 어른이 되어서도 해보지 않았다.

"세상살이, 참 덧없는 걱정으로 살았네그려."

서수철이 중얼거리며 피식 웃었다. 땀으로 젖은 바지에서 눅눅한 담배를 한 대 찾아 물었다. 가로등을 향해 연기를 내뿜었다. 허공으로 사라지는 연기를 가로등 빛이 비췄고 그는 연기가 완전히 사라질 때까지 시선을 떼지 않았다.

살아오면서 서수철이 했던 걱정거리들은 연기와 같이 순리에 의해 사라지고 없었다. 보통 시간이 해결해주었다. 어찌됐든 지금 잠자리 걱정과 같은 원초적인 근심은 아니었다. 문득 사치스러운 걱정들이었다는 생각이 들었다. 지금까지 보내온 시간 속에 마음 졸였던 일들은 당장 서수철이 잠자리를 찾아야 하는 일 따위에 비하면 욕심이라고 해도 과언이 아니었다.

서수철이 담배를 다 피웠을 찰나, 저 멀리 작은 그림자가 보이기 시작했다. 한 번도 낯선 누군가에게 도움을 요청해본 적 없었던 그가 벌떡 자리에서 일어났다. 그림자가 가까워지길 기다리던 그의 다리가 조금씩 움직였다. 다섯 걸음 정도 걸어가 더 가까이 마주 서게 되었을 때 그와 비슷한 연배로 보이는 할머니가 그림자를 벗고 모습을 드러냈다. 그가 급하게 말을 걸었다.

"저, 집이 이 근처요?"

할머니는 빤히 서수철을 바라보았다. 젊은 누군가였더라면 겁을 먹었을 법도 하지만, 이미 늙어버린 그의 육체는 전혀 위협을 주지 못하고 있었다. 행색을 보아하니 오갈 데 없는 노인 같지도 않았고 말투가 사납지도 않았다. 목에 걸려 있는 휴대전화는 그가 구걸할 사람은 아니라는 확신을 주고 있었다. 할머니는 그를 보며 "왜요?" 하며 태연하게 물었다.

"내 잠시 여행 중인데 달리다 보니 어두워졌소이다. 물이라도 좀 얻어 마시고 싶어서 그러오."

할머니가 서수철의 앞을 쓰윽 지나쳤다.

"따라오시오. 근처이니."

서수철이 오토바이를 힘겹게 끌며 서둘러 할머니를 따라갔다. 그를 힐끔 뒤돌아본 할머니가 말했다.

"고장났수?"

"아니오. 다들 잘 시간인데 소리가 크기도 하고, 열을 많이 받아서 좀 식혀야 하오."

느릿느릿 걷는 두 사람의 걸음은 서로가 보채지 않을 정도로 딱 맞아떨어졌다. 젊은이가 중간에 한 명 끼어 있었다면 답답한 마음에 좀 빨리 걷자 이야기할 정도의 속도였지만, 그들의 나이를 생각하면 걸맞으면서도 평균적인 걸음이었다. 할머니는 앞을 응시하고 걸으며 말을 이었다.

"연배가 어떻게 되오?"

"올해 일흔둘이오."

"근디 여행을 하시오?"

"혼자 있으니 적적해서 그러오. 이 늦은 밤 어디 갔다 오시오?"

"교회 다녀오는 길이오."

"교회라. 바깥양반 없이 혼자 사시는구료."

"어찌 아시오?"

"우리 같은 노인들은 교회 가는 걸 끔찍하게도 싫어하니 말이오."

"허허. 잘도 아는구료."

"혼자 사시오?"

말벗이 생겨서 그런지 서로의 걸음이 처음보다 더 느려져 있었다. 걸음을 내딛을 때마다 그들은 시간의 구애를 받지 않는 듯했다.

"내 혼자 된 지 벌써 오년이나 됐수다. 견딜 만하오."

"자식들은? 장성해서 다 떠났소?"

"딸자식 하나랑 아들 두 놈이요. 벌써 시집 장가 가서 손주들 가끔 보는 재미로 사오. 댁은 자식이 몇이오?"

"아들놈 하나요. 좋은 곳에 취직해서 잘 살고 있소."

어느새 서로의 자식 이야기가 주를 이루고 있었다. 뭐가 그리 궁금한지 서로의 자식들에 대한 자랑이 이어지고, 자식들에 대해 물어보길 반복했다.

"다 왔소."

담소는 집에 도착하면서 잠시 중단되었다. 좁은 마당에

오래된 집을 보수한 듯 낡은 주택이 자리 잡고 있었다. 마당 한가운데에는 수도가 있었다. 서수철이, "고맙소"라는 말과 함께 시멘트를 대충 깔아놓은 마당 한편에 오토바이를 세운 다음 수도 쪽으로 걸음을 옮겼다. 땀에 젖은 얼굴을 적셔내면서 동시에 입에 물을 한가득 부었다. "어으!"라는 감탄사가 절로 터져 나왔다.

"잘 데는 있소?"

좁은 마당 빨랫줄에 널려 있던 수건을 들고 서수철 앞으로 다가온 할머니가 수건을 건네며 물었다.

"없소이다."

"밥은 먹었소?"

"아직 안 먹었는데 생각은 없소이다."

수건으로 얼굴과 목을 닦으며 서수철이 대충대충 대답했다. 그러자 할머니도 대충 말하며 부엌으로 들어갔다.

"하루 묵고 가시오. 내 밥은 지금 좀 내오겠소."

＊

무궁화호는 일찍 기차역에서 잠들어 있었다. KTX는 전광판에 아직도 달릴 채비를 하고 있건만 무궁화호는 새벽 네시에 첫차 운행을 시작했다. 서민수가 무궁화호 표를 끊고 역 앞 포장마차에서 어묵 국물과 함께 소주 한 병을 마시고 있었다.

처음에는 근처 모텔을 들어갈 요량이었다. 역 근처에 네온사인을 즐비하게 밝히며 우뚝 서 있는 모텔들 중에 한곳에 들어가 오늘의 고단한 피로를 잠시 풀고 싶었다. 여러 모텔을 돌아다녔다. 화려한 모텔에 들어선 서민수는 카운터에 적힌 가격을 보고 입을 다물지 못했다.

'일반실 오만 원, 특실 칠만 원'이라는 문구는 서민수의 발걸음을 돌리게 만들었다. 조금 허름한 모텔을 찾아봤지만 숙박비가 삼만 오천 원이라고 했다. 결국 소주 한 병에 어묵을 시켜 만 원으로 네시까지 버틴 다음 기차에서 새우잠을 자는 방법을 택했다.

소주잔이 채워지고 비워지길 연거푸 세번이 이어졌다. 그 뒤로는 한 잔의 소주를 세번에 나누어 마시며 계속 낡은 시계를 바라보았다.

평일이라 그런지 포장마차에는 손님이 없었다. 포장마차 안에 설치된 작은 TV를 보며 서민수는 시간을 보내고 있었다. 혼자 술을 먹어본 게 언제였을까? 그는 잠시 기억을 되짚어보았다. 대부분 직장 동료들과 회식할 때 술자리를 가졌다. 법인카드로 폼 나게 수십만 원을 계산하던 그였다. 2차, 3차, 밤이 깊을 때까지 마셔대던 술이었다. 그런데 친구들과 마실 때면 웬일인지 일찍 귀가하게 되고, 술자리가 끝난 후에 계산대로 향하는 일에 소심해졌다. 젊은 시절, 친구들과 날이면 날마다 마시던 술자리가 점차 줄어들었다. 고민이 있으면 언제라도 불러내던 친구들. 군대를 간다거나 이별하고 위로가 필요할 때, 취업 문제나 미래에 대한 두려움을 습관적으로 상담하러 술자리를 만들었던 그는 이제 혼자 고민하고 자신에게 상담하는 경지에 이르렀다.

분명히 예전 젊은 시절보다 더 큰 고민이고 감당하기 힘든 일인데도, 술에 의지하고 친구에게 상담하는 자체가 부담으로 다가왔다. 가족에게도 말할 수 없었다. 지켜야 할 대상에게 불안감을 갖게 하는 행위는 유죄다. 그렇다고 누군가에게 털어놓는 일은 지갑에서 단돈 몇 만 원이라도 나가야 하는 자리를 만들어야 해서 내키지 않는다. 과거처럼 친구들은 그의 고민을 걱정해주기보다 서로의 푸념과 호소력 짙은 자신의 인생사를 주절대는 데 바빴다.

세월이 모든 것을 변하게 만들었나? 아니었다. 가족이라는 울타리가 생겨나면서 변화하는 당연한 모습이었다. 아직도 노총각인 친구 몇 놈은 변함없이 술자리를 이어가기에 바쁘다. 가족이 있는 녀석들만이 하나같이 자신과 같은 모습으로 변하고 있었다.

깊은 철학적 고뇌로 술잔을 음미하던 서민수가 시계를 보았다. 아직 열두시를 조금 넘겼을 뿐이다. 그의 입에서 깊은 한숨이 나왔다. 어묵 국물은 이미 식어버렸다. 식은 국물이 아쉬워 소주를 한입에 털어넣었다. 식도를 타고 내려가는 뜨거움이 그나마 식은 국물을 대신해주었다. 그가 고뇌보다는 TV를 시청하기로 마음먹었을 찰나, 썰렁하던 포장마차 안으로 누군가가 들어왔다. 꾸벅꾸벅 졸던 주인과 그의 시선이 동시에, 들어오는 누군가에게로 향했다.

"아줌마, 남는 음식 조금만 주세요."

이제 사춘기에 접어들었을까? 아니, 서민수 아들의 오래전 모습을 되짚어봤을 때 아직은 사춘기에도 접어들지 못했을 법한 아이였다. 늦은 시간, 집이 아닌 포장마차에 들어온 아이는 배가 고픈지 음식을 찾고 있었다. 아이의 행색을 보아하니 거리 생활이 오래된 듯 보였다. 제 발보다 유난히 큰 사이즈의 낡은 운동화를 신고 있었다. 쌀쌀한 기운이 제법 활개를 치는 초가을이 다가왔지만 옷은 아직 한여름이라고 주장하고 있는 듯했다. 바싹 마른 아이는 애처로운 눈빛으로 포장마차 주인을 바라보았다.

"오늘 남는 음식 없다. 그냥 가라."

"조금만 주세요. 배가 고파요."

"장사 안 되는 거 보이잖냐."

최대한 서민수를 의식한 주인이 점잖게 말하려고 했다. 아이는 주인의 기분을 파악했는지 쉽게 포기하고 발걸음을 돌리려 했다.

"저기, 제가 계산할 테니 국수 한 그릇 말아주세요."

서민수가 자신도 모르게 손을 올려 말했다. 허공에 떠 있는 손은 태연하게 그를 바라보는 아이에게로 향했고 다가오라는 손짓을 하고 있었다. 아이는 천천히 그에게 다가와 자리에 앉았다. 왜 그랬을까? 노숙을 하고 있지만 깨끗하게 닦인 아이의 얼굴을 보니 안타까워서였을까? 아니면 집에 있는 자식 놈들 생각에? 동정이라고 하기에 그의 행동은 매우 적극적이었다.

"고맙습니다."

서민수가 자신의 행동에 대한 답을 내기도 전에, 아이가
꾸벅 인사를 했다. 그는 답을 찾아내는 복잡한 생각을 포기
하고 아이 앞에 젓가락을 놓아주었다.

　"몇 살이니?"

　"열두 살이요."

　열두 살이라······. 거리에 활개 치는 노숙자들은 많이 봐
왔다. 대부분 사십 대였다. 얼두 살이라는 어린 나이에 노숙
을 하는 아이는 처음 만났다. 서민수가 놀라는 모습을 주인
은 빠르게 눈치채고 아이에게 국수를 건네며 말했다.

　"이런 아이들 꽤 있어요. 보육원에서 도망치기도 하고,
앵벌이 하다가 도망치기도 하고, 가정폭력으로 도망치기도
하죠. 애들이 보호기관이 뭔지 알기나 하나요? 그저 자신과
처지가 비슷한 사람들이 모이는 곳에 자연스럽게 모여드는
거죠."

　"그럼 역 주변 사람들이나 파출소에서 그런 곳으로 보내
야 하는 거 아닙니까."

　"처음에는 그렇게 했었죠. 아이들이 찾아오면 재단 같은
데 연락해줬는데 자기 담당 아니라고 다른 전화번호 알려
주고, 또 연락하면 담당 아니라고 다른 데로 연락하라고 하

고. 먹고살기 바쁜데 계속 매달릴 수는 없잖아요. 파출소에서도 거의 신경 쓰지 않아요."

서민수는 자신이 알고 있는 사회와 다른 아이의 성장 모습에 당황스럽기만 했다. 아이는 정신없이 국수를 먹기 시작했다. 그가 소주잔을 입에 털어넣으며 아이가 음식을 다 먹기를 기다렸다. 아이가 국수를 모두 비워내기까지 그리 오래 걸리지 않았다. 아이가 국물까지 모두 후르르 마시자마자 그가 물었다.

"집엔 왜 안 들어가?"

"……."

"집에서 걱정하잖니."

아이가 불안한지 두 손을 매만지며 얼굴을 가슴 쪽으로 파묻었다. 서민수는 아이에게 재차 물었다.

"집이 어디야? 가족들은?"

여전히 아이는 말이 없었다. 순간 서민수의 눈에는 아이가 사시나무처럼 떨고 있는 모습이 들어왔다. 그는 재빨리 화제를 돌려 아이를 안심시키려고 했다.

"우리 아들은 말이다. 이제 군대에 갔어. 너만 하던 애가 벌써 군대에 가 있다는 생각을 하니 허탈하기도, 아쉽기도 하구나. 이제 겨우 백 일 휴가 나올 때 되었다. 백 일 휴가가 뭔지 알고 있니? 군대에 가면 백 일 동안 훈련받고 잠시 집에 보내주는데 그게 바로 백 일 휴가란다. 대한민국 남자라면 다 가는 군대지. 너도 가족들이랑 지내다가 군대도 가고 대학도 가야지."

누군가를 설득하는 데 꽤나 능력 있는 서민수였다. 그는 회사에서 꺼려 하는 거래처 사장들의 결제를 도맡아하기도 했다. 부드러운 말투와 확신이 가득하면서도 상대를 이해하는 듯 말하는 그의 화법은 대부분의 상대가 경계를 풀고 경청하게 만들기에 충분했다.

"아들놈이 커가는 걸 볼수록 얼마나 흐뭇하던지. 아비라면 모두가 같은 마음일 게다. 가출하는 건 옳지 않아. 부모님이 얼마나 걱정하시겠어. 우리 아들도 말이다. 중학생 땐가? 가출을 한 적이 있었어. 아주 오래된 일이지만 아직도 기억한단다. 내가 얼마나 마음을 졸였던지. 여자도 아닌 사내새끼는 그럴 수 있다고 생각했지만 막상 녀석이 편지도 없이 나가버리니 불안해서 잠도 오지 않더구나."

서민수는 아이를 설득하려는 본질을 잊고 말았다. 그의 이야기는 어느새 자식 자랑으로 이어졌다. 아들 이야기를 하다 보니 조금씩 과거의 기억이 그를 행복하게 만들었다. 자신도 모르게 여러 이야기를 아이에게 꺼내기 시작했다. 제아무리 부드럽고 훌륭한 화법을 가지고 있어도 자식이야기를 할 때는 무용지물이었다.

"녀석이 가출하고 일주일 만에 집에 들어왔는데 행색이 딱 너와 같더구나. 혼내야 할지 말아야 할지 엄청 고민했지. 결국 아무 말도 하지 않았다. 저녁밥을 먹는 시간에 들어왔는데 딱 한마디만 했어. '고생했으니 밥 많이 먹어라'라고. 가슴 졸였던 마음을 표현하지 못했어. 약해 보일까봐. 안아주고 싶었는데 그러지 못했어. 녀석에게 내 마음을 들켜버리는 일이 부끄러워 견딜 수 없더구나. 아! 예전에 또 어떤 일이 있었냐면 녀석이 불량한 애들과 어울려서 오토바이를 타지 뭐냐. 사고가 나서 다리가 부러졌는데 화가 난다기보다 얼마나 속상했는지. 화가 나서라기보다 속상해서 엄청나게 때렸던 기억이 있단다. 그때 녀석이……."

서민수가 행복에 겨운 미소로 계속 이야기를 이어가려는데 아이가 불쑥 끼어들었다.

"아저씨……."

아이는 호기심 가득한 눈을 하고 있었다. 서민수가 아이의 눈을 바라보았다. 어느새 아이는 떨지 않았다. 아이가 거침없이 그에게 물었다.

"아저씨의 아빠는 어떤 사람이었어요?"

"어?"

생각지도 못한 질문이었다. 아버지가 어떤 사람이었는지 생각해본 적이 있었을까? 아버지를 생각해본 적이 있었을까? 물론 있었다. 군대에 가서 삼년이라는 짧은 시간 부모의 감사함을 깨닫고 매일 어머니와 아버지를 생각했다. 그후 제대했고 군대에서 가졌던 마음가짐으로 반년 정도 부모님을 생각하며 효도랍시고 열심히 살아왔던 시간이 그가 아버지를 생각한 전부였다. 그 뒤로는 아버지나 어머니보다 취업에 집착하고 사랑에 집착하고 새로운 가족에 집착하며 살아왔다.

"아저씨 아빠도 우리 아빠처럼 술만 먹고 다녔나요?"

"아……니…….."

"그럼 엄마 때려서 도망갔어요?"

"아……니…….."

"돈도 안 벌고 아저씨 학교도 안 보냈어요?"

"아……니…….."

"감옥 갔다가 왔어요?"

"아……니…….."

서민수는 머릿속이 몽롱해졌다. 해머로 얻어맞은 기분이었다. 아이의 질문은 계속되었다.

"그럼 아저씨의 아빠는 어떤 사람이었어요?"

"나도…… 잘 모르겠다. 어떤 사람이었는지……. 기억이 나지 않……아."

*

생각 없다던 서수철은 밥 한 공기를 뚝딱 비웠다. 마루에 걸터앉아 귀뚜라미 소리를 들으며 다시 담화가 시작되었다. 시간 가는 줄 모르고 자식 자랑에 빠진 그들이었다. 그들의 입은 쉴 새 없이 움직였다. 이미 품 안을 빠져나가 새로운 둥지를 튼 자식들이지만 다른 사람들은 어떻게 자식들을 키워왔는지 여전히 궁금했다. 또 상대가 간혹 자식을 키워오면서 실수한 부분이 있으면 자신이 자식을 키우며 어떠했는지를 자랑하듯 이야기했다. 한참을 떠들자 이제 제각각 이야기를 하기 시작했다. 물어보지도 않은 이야기들을, 굳이 이야기하지 않아도 될 자식과의 추억을 무용담같이 늘어놓고 있었다.

어느새 자정을 훌쩍 넘겨 고요한 새벽이 찾아왔다. 그들은 감성이 지배하는 새로운 시간을 맞이하게 되었다. 마당에 달빛이 스며들었다. 마루에서 서로 이야기를 못해 안달이던 그들이 약속이나 한 듯 침묵했다.

무슨 생각이 들어서일까? 예전의 추억과 현실을 비교해봤을 때 공허함이 크게 자리 잡기 때문일까? 품에 있을 때의 자식들과 새 둥지를 찾아간 지금의 자식들의 모습에 서운함이 자리 잡았기 때문일까? 그들의 입가에 담겼던 미소는 사라지고 없었다. 귀뚜라미 울음소리가 적막을 깨트렸다. 오랜 시간의 침묵을 깨고 할머니가 입을 열었다.

"댁의 아버지는 어떤 사람이었수?"

"우리 아버지?"

의외의 질문에 서수철이 할머니를 바라보았다.

"오래 잊고 살았수다, 우리 아버지. 자식들 이야기에 시간 가는 줄 모르고 살아오면서, 자식들 걱정에 세월이 이리 빨리 흘러가는 줄 모르고 살아오면서, 우리 아버지 생각은 그리하지 않고 살아왔네그려."

"……."

"어떤 사람이었수? 댁의 아버지는."

할머니가 재차 물었다. 서수철이 머뭇거렸다. '아버지를 생각한 적이 언제였더라?'라는 시간 계산이 먼저 그의 머릿속을 비집고 들어왔다. 그가 서른일곱 살에 떠난 아버지. 많이 울었다. 아버지께 불효했다는 큰 죄의식이 그를 사로잡았고 떠난 후에 후회하는 못난 자신을 원망했다. 얼마나 지났을까? 어느새 아버지에 대한 죄의식을 깊은 곳에 파묻어버리고 살아온 세월은, 일년? 이년? 그 뒤로 아버지를 생각하기나 했었나? 제사가 다가오고 나서야 아이들에게 할아버지는 어떤 분이었다고 이야기하면서도 자식들을 생각하는 만큼 그리움에 사무쳐 밤하늘을 봤던 기억은 그에게 잔류하지 않았다.

서수철이 차가운 냉수를 들이켜며 중얼거렸다.

"우리 아버지……. 어떤 분이셨지? 임은 기억하는가?"

"아니요. 나도 기억나지 않네그려. 어떤 분이셨는지……."

*

　서민수는 생각에 젖어 있었다. 아이가 질문을 던지고 가려 했다. 그는 다급하게 아이를 붙잡았다. 아이가 겁에 질린 모습으로 그를 바라보았다.

　"내가 아는 시설이 있는데 가 있지 않을래? 아저씨랑 여행 좀 같이 하다가 말이다."

　"……."

　아이는 서민수를 잔뜩 경계했다.

　"집이 이 근처는 아닐 것 같은데, 어디니?"

　서민수는 아이가 거부할수록 적극적이면서도 부드럽게 말을 건넸다. 아이가 경계를 조금 풀고 말했다.

　"서천이요."

　"멀리에서 왔구나. 집에 들어가기 싫으면 잠시 아저씨 친구가 운영하는 시설에 가 있어라. 그럼 네 아버지는 교육을 받게 돼 있어. 너를 데려가고 싶으면 가정을 책임질 수 있도록 교육을 받아야 하거든."

　아이가 믿지 못하는 표정을 보이자 서민수가 급하게 휴대전화를 꺼냈다. 빠르게 번호를 찾아 시설을 운영하는 친구에게 전화를 걸었다. 전화는 얼마 지나지 않아 "새벽에 웬일이야?"라는 투박한 소리를 전달했다.

"아이를 한 명 맡기려고 해. 여행 도중에 만났는데 가정 폭력 때문에 가출을 했나 봐. 맡아줄 수 있지?"

서민수가 통화하는 소리에 아이는 귀를 기울였다. 그는 '봐라. 진짜지? 아저씨 거짓말 안 하지?'라는 표정으로 아이를 바라보며 통화를 이어갔다.

"일단 서울까지 가려면 시간이 좀 걸릴 거야. 여행 중이거든. 아이와 같이 여행을 좀 하고 보내도 될까?"

"실종 신고가 돼 있으면 큰일 나지. 납치나 다른 여러 사항으로 자네가 걸려들어갈 수가 있어."

"글쎄. 그렇지는 않을 것 같은데, 일단 지구대에 찾아가볼게. 자네가 범인이니 광주역 지구대로 연락을 좀 넣어줘. 부탁 좀 하자."

"참! 나이 먹더니 사람이 변한건가? 갑자기 떠도는 아이에게 왜 그렇게 관심을 가져?"

서민수는 친구의 질문에 잠시 머뭇거렸다. 아이를 빤히 쳐다보며 자신이 왜 그런지 이유를 찾으려고 애썼다. 그가 아이는 들을 수 없게 고개를 돌리고 나지막이 말했다.

"내가 모르는, 내가 모르고 산 인생을 아이가 찾아줄 수 있을 것 같아."

"뭐?"

"나중에 이야기하자. 일단 파출소에 연락 넣어봐. 부탁하자."

서민수가 서둘러 전화를 끊었다. 그는 아이에게 주름진 웃음을 보이며 말했다.

"아저씨와 같이 여행해줄거니? 부탁해도 될까?"

아이가 고개를 끄덕였다. 서민수는 단번에 벌떡 일어나 아이의 손을 잡고 바로 옆에 자리 잡은 파출소로 향했다. 아이는 그의 손을 힘없이 잡고 함께 걸어갔다.

"아저씨."

"응?"

"우리 아빠 교육받으면 괜찮아질까요?"

"그럼. 당연하지."

아이는 자신의 아버지를 생각하면 불안한지 계속 질문을 던졌다.

"언제까지 거기에 있을 수 있는데요?"

"잘은 모르지만 너희 아버지가 널 기를 수 없다고 판단

하면 계속 있어도 될 거야. 만약에 아버지가 변한다면 다시 집으로 돌아가겠지."

"변할 수 있을까요?"

아이의 말 속에는 걱정이 가득 담겨 있었다. 서민수는 더욱 힘차게 아이의 손을 잡았다.

"아버지가 그렇게 싫어?"

"네."

아이가 강하게 긍정을 표시했다. 자신을 아버지에게 보내지 말아달라는 애원이 가득 묻은 목소리였다. 서민수가 아이에게 다정한 목소리로 물었다.

"아까 우리 아버지에 대해서 물어봤지?"

"네."

"우리 아버지는 말이다. 정말 강한 분이셨다. 세상 누구보다 의지가 강했거든. 아저씨도 아버지에게 많이 맞고 살았어. 치약을 머리 부분 먼저 짜서 쓴다고 맞은 적도 있고, 아침에 강아지 밥을 주지 않았다고 맞은 적도 있었지. 정말 나도 아버지가 싫었어. 그런데 아저씨가 오늘 여행을 하는데 말이야. 나도 모르게 아버지와 함께 갔던 곳을 찾았더구나. 예전에는 아저씨 자식들과도 그곳을 찾아갔더구나. 앞으로의 여행지를 다 정해놨었는데 모든 곳이 자식들과 가기 전 아버지와 찾아갔던 곳이더구나."

아이는 무슨 말을 하는지 이해가 가지 않았다. 지루하고 난해하다는 아이의 표정을 읽은 서민수가 잠시 어떻게 설명하면 쉬울까 고민했다.

"뭐라고 말해주면 이해할 수 있을까?"

"……."

"아! 죽도록 싫은 기억도 머리에 남아 있다면 소중한 기억이라는 거야. 설사 그 기억이 너를 괴롭히고 있어도 그만큼 소중하기에 잊히지 않는 거란다."

아이는 여전히 이해하지 못하는 듯했다. 서민수는 아이를 설득하는 것을 포기했다. 자신도 지금까지 모르고 살았던 사실이었다. 하물며 아이는 알 수 있을까?

서민수가 파출소 문을 열기 전에 아이를 바라보며 말했다.

"기억을 더듬는 여행 속에 나는 왜 아버지를 잊고 있었는지……."

동이 트고 있었다. 서수철과 할머니는 이때까지 잠을 이루지 못했다. 참새가 지저귀며 그들의 오랜 명상을 방해했다. 자신들의 부모, 아버지를 기억하는데 한참을 할애해야 했다. 자식들과 함께한 시간보다 오래된 기억은 가물가물하면서도 어렴풋이 그들의 머릿속에 잔류하고 있었다.

서수철이 밥상에 있던 밥그릇에 물을 한가득 따랐다. 주머니에서 약봉지를 꺼낸 그는 한입에 약을 털어넣었다.

"무슨 약이우? 몸이 안 좋소?"

정지되어 있던 서수철이 몸을 움직이자 할머니의 입도 움직이기 시작했다.

"몸이 아니라 머리가 안 좋소. 정신이 안 좋아 먹는 약이오."

서수철의 말에 할머니가 잠시 갸우뚱하더니 이내 "아이고!" 하며 안타까움에 양손바닥을 세차게 부딪쳤다. 서수철이 털털하게 웃으며 말했다.

"아직은 똥오줌 못 가릴 정도는 아니라오. 초기라고 합디다. 약만 잘 먹으면 죽을 때까지 똥오줌은 가릴 수 있을 거라고 하오."

"늙으니 찾아오는 빌어먹을 병이오. 어찌하오."

담담한 서수철의 말에도 할머니는 안타까움을 지우지 못했다.

"글쎄올시다. 어찌할 수 있겠소. 다들 운인 게지. 허허."

서수철이 고개를 빠끔히 내민 해를 보며 말했다. 할머니의 표정은 아직도 새벽의 기운을 머금은 듯 어두웠다.

"자식은 알고 있소?"

할머니의 동정 어린 시선이 싫었던 서수철이 시선을 멀리 둔 채 말했다.

"임 같으면 말할 수 있겠소?"

"모르겠소. 말할 수 있을지, 없을지……."

"아마도 말할 수 없을 게요. 짐으로 여생을 머물고 싶지는 않소다."

"그래도 나중에 뭔 일 생겨서 알면 자식이 얼마나 아파하것소. 나도 관절염 있는 거 숨겼다가 자식들이 마음 아파하는 모습 보고 얼마나 미안했는지 아오?"

"허허. 우리는 몸이 아프고 정신이 아파도 그저 자식들이 아프고 걱정할 것이 더 중요한가 보구료. 우리네 아버지도 그랬으려나?"

"……."

"그랬을 게요. 내 아버지 돌아가실 적 처음으로 알게 되었소. 듣도 보도 못한 병을 말이오."

아침의 새로운 기운과는 다르게 그들의 마음은 무거웠다. 촉촉한 아침 이슬이 풀잎을 미끄럼틀 삼아 바닥으로 떨어져 내렸지만 그들의 응어리는 그리하지 못했다.

할머니가 밥상을 들고 일어섰다.

"눈이라도 좀 붙이시구려. 내 저쪽 방에서 잘 테니 댁은 여기서 주무시구려."

할머니가 손짓하는 방으로 서수철이 몸을 옮겼다. 오래된 가옥이라 그런지 시골 냄새가 물씬 풍겼다. 그가 기거하는 집과 별반 다를 바 없어서 마음이 편안했다. 멍하니 천장을 바라보고 있는데 옆방 문 열리는 소리가 들렸다. 그가 조용히 눈을 감았다.

"내 살아오면서 많은 걸 잊고 살았구나. 희한허이. 어린 시절이 분명 있었고 부모가 있었던 나인데 장성했을 때부터 기억이 남아 있는 걸 보이."

서수철이 응얼거리다가 잠에 빠져들려 했다. 어제의 고

된 하루가 그를 무의식 상태로 밀어넣으려고 했다. 몸을 뒤척일 새도 없이 피곤이 밀려올 때, 갑자기 그가 몸을 벌떡 일으켰다. 그가 호랑이에 홀린 사람처럼 어안이 벙벙한 모습으로 말했다.

"내 그리 보니 자식 놈과 갔던 곳이 아버지와 함께 들렀던 곳이었구먼."

서수철의 입술이 떨려왔다. 그가 침을 한번 꿀꺽 넘겼다. 그는 빠르게 세월을 거꾸로 돌려보았다. 아들과 갔던 모든 곳은 자신과 아버지의 추억이 남아 있는 공간들이었다. 자신도 모르는 사이에 아버지와 오랜 기억이 담겨 있는 곳들을 자식과 찾아다닌 것이다. 그는 아버지와 자신의 모습을 투영해보았다. 아버지의 인생이 자신과 닮아 있었다. 희생, 아픔, 행복, 웃음, 슬픔. 모든 감정이 아버지와 닮아 있었다.

"이리 살았구먼, 아버지도. 나처럼 이리 살아갔구먼."

자식의 이야기

얼마나 잔 것일까? 기차에 몸을 싣고 서민수와 아이는 깊은 잠에 빠져들었다. 두 시간이 지났을 즘에 맞대고 있던 두 사람의 머리가 떨어졌다. 그가 머리를 곧게 세우자 아이 역시 허전한 느낌이 들었는지 잠에서 깨어났다.

"다 왔다. 여기에서 내리자."

서민수가 서둘러 자리에서 일어났다. 아이는 그를 따라 함께 기차역에서 내렸다. 한적한 시골 풍경이 드리워진 역은 어린 시절과 그리 달라지지 않은 모습이었다. '장흥역'이라는 낡은 간판도 예전 그대로 자리를 지키고 있었다. 그는 아이의 피곤한 모습이 마음에 걸렸는지 버스 정류장이 아닌 택시 승강장으로 걸음을 옮겼다. 택시는 딱 한 대만이 승강장을 지키고 있었다. 차에 오르자 그가 목적지를 말했다.

"부용산으로 가주세요."

택시기사는 전혀 어울리지 않는 아이와 서민수의 모습을 확인한 후 힐끗 룸미러로 그들을 응시했다. 아이가 물끄러미 그를 바라보았다. 그는 웃음을 보였다.

"아버지와 함께 갔던 곳이다. 내 자식과도 함께 왔던 곳이고. 내 자식도 이곳을 자식들과 찾을까?"

서민수가 창문 밖으로 시선을 돌렸다. 아이는 졸음이 아직 가시지 않았는지 의자에 편하게 기대어 눈을 감았다. 택시기사가 그에게 말을 걸었다.

"산에 가시는 분 차림으로는 영 어색합니다."

서민수의 정장 차림을 보고 한 의문 섞인 질문이었다. 그가 대답했다.

"갑자기 시작된 여행입니다. 서울에서 어제는 담양, 오늘은 이곳을 찾았습니다."

"그러시군요."

"이곳 출신이십니까?"

"내가 사십년을 이곳에서 살았죠. 벗어나본 적 없어요."

"아버지와 함께 사셨겠군요."

서민수가 건넨 의외의 질문에 택시기사는 룸미러로 그
와 눈을 맞췄다. 둘은 왠지 모르게 서로에 대한 호기심이
생기고 있었다. 비슷한 연배의 중년들. 그들에게 있어서 호
구조사는 인사와 같았다. 인사이자 가장 궁금한 내용이기
도 했다.

"아직도 모시고 살고 있습니다."

"자식도 있습니까?"

"딸 하나에 아들 하나입니다."

"딸과 아들이 좋아하는 음식은 알고 계세요?"

갑작스러운 질문이었다. 통상적으로 하는 호구조사치고
는 꽤나 자극적이며 재미있는 물음이었다. 택시기사가 자
신 있게 답했다.

"우리는 다 삼겹살을 좋아하죠. 고기를 좋아해요."

"그럼, 아버지가 좋아하는 음식은 알고 계십니까?"

"……."

택시기사가 서민수의 질문에 머뭇거렸다. 갑자기 터져
나온 아버지 이야기. '왜 자식이 아닌 아버지일까?'라는 궁
금증이 먼저 솟아올랐다. 그 뒤로 곧장 따라온 그의 질문에
택시기사는 자신 없는 말투로 조금 늦게 대답했다.

"저희와 같이 삼겹살을 즐겨 드세요."

"아버지 연세가 꽤 되셨을 텐데, 고기를 과연 즐기실까요? 이가 많이 상하셨을 텐데요."

택시기사는 입을 다물었다. 아버지가 좋아하는 음식이라 한 번도 생각해본 적이 없었던 일이었다. 신호 대기 중으로 서 있던 택시기사는 무슨 고민에 빠졌는지 뒤차의 경적을 듣고 나서야 급히 출발했다. 서민수의 이야기가 뜻하는 바를 대충 짐작했다. 허름한 차림의 아이와 약간 지저분하지만 말끔한 행색의 중년 남성. 둘 사이를 이상한 눈빛으로 바라보는 택시기사. 택시기사는 그가 의구심을 해결해줄 말을 내뱉으려 한다는 것을 눈치채고 다음 말을 기다렸다.

서민수가 친근한 어투로 말했다.

"우리는 많은 걸 잊고 살았나 봅니다. 안 그래요? 그래서 여행을 하고 있습니다. 아버지께 물어볼 수 없어서요. 서운해하실까 봐요. 아버지와 함께했던 곳들을 찾으며 아버지가 좋아했던 모든 것을 기억해내려 합니다."

"평생 의미 있는 여행이 되실 것 같습니다."

어느새 택시기사는 오해를 풀었다. 그러자 택시기사는 서민수와 오래 알고 지낸 사이처럼 대화를 이어나갔다. 그

가 여행하는 목적이 주가 된 이야기였다. 아버지……, 중년
인 자신들이 잊고 지낸 아버지들의 이야기.

　서로의 이야기에 의견을 보태기보다 수긍하고 받아들였
다.

　택시기사가 서민수에게 물었다.

　"아버지가 이가 좋지 않다는 걸 알고 있으면서도 나는
왜 고기를 먹는 게 가족과 함께하는 행복한 저녁식사라고
생각했을까요?"

　서민수가 단번에 대답했다.

　"당연히 아버지는 따라오실 거라고 생각했을 테니까요.
왜 그렇지 않습니까? 어린 시절 우리가 무언가 먹고 싶다
고 아버지에게 말하면, 며칠 후에 꼭 그 음식을 먹게 되잖
아요. 아버지가 사오실 걸 우리는 이미 알고 있었던 거죠.
그와 똑같다는 생각이 듭니다. 내가 하는 건 아버지가 들어
주시고 따라주실 거라는 걸 우리도 모르게 이미 알고 있는
거죠. 제 말이 정답이 아닐는지요."

　택시기사가 조수석 서랍에서 담배를 꺼냈다.

　"한 대 피우시겠어요?"

　서민수가 고개를 끄덕이며 담배를 건네받았다. 택시기사

와 그는 약속이라도 한 듯 창문을 열고 담배에 불을 붙였다. 택시기사가 '휴!' 하고 담배연기를 내뿜으며 입을 열었다.

"우리 아버지, 부드러운 음식을 좋아하시겠죠? 양갱 같은."

서민수가 밝게 웃었다.

"사 가시게요?"

"예. 문득 생각났습니다. 우리 아버지가 어린 시절 동네 어른들과 막걸리에 양갱을 맛있게 먹던 모습이 떠올랐습니다."

"양갱을 좋아하셨군요. 대부분 팥을 좋아하시죠. 아버지들은."

"이가 많이 좋지 않으셨을 텐데……. 나는 자식 놈들이 먹는 즐거운 모습만 생각납니다. 아버지가 고기를 드실 때의 모습은 머리에 남아 있지 않네요. 이가 많이 좋지 않으셨을 텐데……."

택시기사가 말끝을 흐렸다. 서민수가 택시기사의 어깨를 살며시 잡았다.

"아직, 산에 산딸기가 남아 있겠죠?"

택시기사가 룸미러로 서민수를 바라보며 중년이 지을 수 있는 가장 선량한 웃음을 보였다.

"철이 지났지만 사람이 거의 오가지 않았으니 좀 남아 있을 겁니다."

*

서수철이 오후에서야 자리에서 일어났다. 할머니는 벌써 일어나 마당에 작게 일군 밭에 나와 있었다. 그가 헛기침으로 자신이 일어났다는 사실을 할머니에게 알렸다. 수건으로 햇빛을 가린 얼굴이 그제야 그에게 시선을 돌렸다.

"일어났구려. 내 밥 좀 내올 테니 기다리시오."

할머니가 부엌으로 발걸음을 옮겼다. 서수철은 마당으로 나와 대야에 물을 받고 얼굴을 씻었다. 고양이 세수를 한 그는 빨랫줄에 걸려 있는 수건으로 얼굴을 대충 닦고 오토바이를 점검하기 시작했다. 잠시 시동을 걸었다. 한 번에 '부르릉!' 하고 시동이 걸렸다. 오랜 시간을 함께한 오토바이는 아직 버틸 만하다고 그에게 당당히 말하고 있었다. 그가 웃었다.

"오늘은 가까운 데로 갈 테니 힘겨워하지 마라."

살아 있는 동물을 달래 듯 서수철이 오토바이를 쓰다듬

었다. 그가 시동을 끄고 마루로 걸어가는데 한 할아버지가 마당으로 들어왔다. 손에는 검은 비닐봉지가 들려 있었다. 서로 눈이 마주친 그와 할아버지는 가볍게 눈인사를 했다.

"뉘시오?"

할아버지가 물었다.

"내 잠시 여행을 하다가 묵을 곳이 없어 하루 묵었소이다. 실례를 했지요."

"그렇소? 여기 사는 사람이 내 누이요."

"그렇구려. 밥 한 끼 얻어먹고 가려고 하오."

"천천히 가시구려. 근데 누이 어디 갔소?"

할아버지가 "누이!" 하고 할머니를 불렀다. 할머니가 밥상을 가지고 부엌에서 나왔다.

"네가 이 시간에 어쩐 일이냐?"

할머니가 낯선 사람을 들인 일에 당황했는지 급하게 물으며 밥상을 마루에 내려놓았다. 할아버지는 신경 쓰지 않는다는 듯이 마루에 봉지를 올려놓았다.

"내 자식이 사왔소. 양갱인데 많이도 사 왔더구려. 누이도 좀 드시오."

할머니는 할아버지가 별 신경을 쓰지 않자 봉지 안을 들여다보며 웃음을 보였다.

"많이도 가지고 왔네. 식전이냐? 한술 같이 하자."

"내 단 걸 많이 먹어서 생각이 없소. 오랜만에 먹으니 달달하니 좋더구려. 누이랑 오신 손님이랑 좀 드시오."

"그래도 한술 뜨고 가라."

할머니가 일방적으로 말하고는 부엌으로 들어갔다. 할아버지는 서수철의 오토바이로 시선을 돌렸다. 서수철은 마루에 앉아 가득 담긴 밥을 한술 뜨고 된장찌개를 후후 불어 입으로 가져갔다.

"오토바이가 오래됐구려. 오일은 제때 갈았소?"

"오일? 글쎄 모르겠수다. 언제 갈았는지 통 기억이 나지 않소."

"여행한다는 양반이 점검도 안 하시오? 기다려요."

할아버지가 주머니에서 휴대전화를 꺼내 누군가에게 전화를 걸었다. 천천히 오토바이 곁으로 다가가 이리저리 상태를 확인하며 전화를 받았다.

"아직 집이냐? 그럼 큰 고모 집으로 좀 오너라. 오토바이 오일 한 통 가지고 오고, 펜치 좀 가져와라."

간단하고 투박하게 말한 할아버지가 서수철에게 시선을

돌렸다.

"브레이크 나사가 풀렸소. 큰일 날 뻔했구려. 오일도 좀 갈아 드릴 테니 조심해서 타고 다니시오."

서수철이 밥을 먹으며 고개를 가볍게 숙였다.

"고맙소. 저 녀석도 늙으니 고삐가 풀리나 보오. 한술 같이 드시오."

부엌에서 할머니가 밥을 가지고 나왔다. 할아버지와 할머니, 서수철이 한 밥상에 모여 앉아 밥을 먹기 시작했다.

"누이 된장은 여전히 맛있구려."

"그려? 오랜만에 사람들이 모여 밥 먹으니 좋구먼."

"내 불청객인데 이리 챙겨줘서 고맙소."

"늙으면 다 친구가 되는 거제. 어이 그리 말하시오. 댁 때문에 누이도 오랜만에 밥 제대로 해서 드시는구먼. 원래 이리 잘 챙겨 먹지 않소. 매일 내가 우리 집에 와서 먹으라 해도 조카며느리 고생한다고 오지도 않고 말이오. 댁 때문에 오랜만에 누이 된장찌개도 얻어먹는구려."

화기애애한 가운데 점심식사 내내 담화가 이어졌다. 마치 오랜 동무들이 모여 지난 이야기를 털어내는 모습과 흡사했다. 할아버지가 된장을 훌훌 입으로 몇 번을 털어넣더니 말했다.

"아버지가 누이 찌개를 참 좋아했제. 안 그렇소?"

"그랬던가?"

"아버지가 누이 된장, 삼일에 한 번씩은 드셨잖소. 기억 안 나오?"

"헐헐. 그랬던 것도 같으이."

서수철이 끼어들었다.

"내 아버지는 산딸기를 참 좋아했수다. 부용산까지 얼마나 걸리오? 산딸기가 남아 있으려나?"

할아버지가 말했다.

"오토바이로 국도 타고 가면 삼십분이면 가오. 내 자식 놈이 택시를 하고 있으니 이따가 오면 한번 물어보오."

"고맙소."

"산딸기도 아직 남아 있을 거요. 웬만해서 요즘 사람들 잘 가지 않으니. 나나 누이도 아버지 따라 자주 갔었는데……."

서수철이 털털하게 웃으며 말했다.

"그래도 우리 모두 하나 정도는 추억들이 있구려. 가난했던 시절만 있는 줄 알았는데 우리도 요즘 사람들처럼 아버지와 놀러갔던 기억들이 하나쯤은 남아 있구려."

*

    서민수가 기억하는 산이 아니었다. 예전에는 매우 가파른 산길이었는데, 지금은 차 한 대가 지나다닐 수 있을 만큼 시멘트로 도로를 만들어놓아 구둣발로 걷기에도 편안했다. 그는 아이와 한참 거리를 두고 먼저 걷고 있었다. 아이는 그를 따라가느라 땀에 흠뻑 젖어 있었다. 아이와 그의 거리가 점점 더 벌어졌다. 열심히 그를 따라가던 아이가 저 멀리에서 소리쳤다.

    "아저씨! 같이 좀 가요!"

    서민수는 이야기를 못 들었는지 속도를 줄이지 않았다. 그의 모습이 코너를 돌며 아이의 시선에서 사라졌다. 아이가 전보다 빠른 걸음으로 그를 쫓았다. 아이가 코너에 다다랐을 때 그가 '어흥!' 하며 나무 뒤에서 나타났다. 아이가 깜짝 놀라 뒤로 자빠질 뻔했다.

    "하하! 뭘 그리 놀라는 게냐. 이거 먹어라."

    서민수의 손에 한가득 산딸기가 들려 있었다. 아이보다 먼저 걸으며 산딸기를 따고 있었던 것이다.

    "먹어도 되는 거다. 산딸기라고, 어려서는 이만한 간식이 없었다. 우리 아버지가 좋아했었다. 나도 좋아하고. 먹어 보아라."

아이가 서민수의 손에 들려 있던 산딸기를 하나 집어먹었다. 오물오물하다가 꿀꺽 삼킨 아이는 손이 점차 빨라지기 시작했다.

"어때 맛있지?"

아이가 고개를 끄덕였다. 그들은 나무 밑에 잠시 앉아 산딸기를 맛보고 있었다. 서민수가 옛 기억을 회상하며 말했다.

"아버지는 항상 나보다 먼저 이렇게 걸어가셨단다. 아버지와 가까워졌을 땐 아버지 두 손에 산딸기가 가득 들려 있었지. 그럼 이 나무 밑에서 이렇게 앉아 산딸기를 먹었다. 어때? 시원하고 좋지?"

"네. 그런데 아저씨. 아저씨 아빠는 아저씨랑 많이 놀러 다녔나 봐요."

"그랬던 것 같다. 산이며 계곡이며 자주 돌아다녔구나. 그때 아버지 월급이 아주 적었거든. 교사들은 박봉이라 아파도 병원에 갈 수 없을 정도로 가난했어. 그래서 아버지는 혹여나 내가 아프기라도 할까 봐 산이며 계곡을 데리고 다니셨지. 덕분에 잔병 없이 자랄 수 있었던 것 같다."

손에 가득 들려 있던 산딸기는 어느새 흔적도 없이 사라졌다. 시원한 바람이 등에 흐르던 땀을 식혀주었다. 그와 아이가 쉬고 있는 나무 주위 여기저기에는 작은 탑들이 쌓여 있었다. 아이가 탑들을 보고는 자신도 쌓고 싶었는지 근처에 있는 돌을 주워오기 시작했다. 그가 아이를 거들며 말했다.

"탑을 쌓고 소원을 빌면 이루어진단다. 이 나무는 신령님이 사시는 나무거든. 정성 들여 탑을 쌓아 소원을 빌어보자."

서민수가 겉옷을 벗어던지고 와이셔츠를 걷었다. 아이와 함께 나란히 쪼그리고 앉아 탑을 쌓았다. 큰 돌은 그가 가져왔고 작고 평평한 돌은 아이가 가져왔다. 하나하나 조심스럽게 탑을 쌓아올리니 어느새 어른 무릎 정도 되는 탑이 완성되었다. 지금까지 쌓인 탑들 중에 가장 높은 탑이었다. 아이와 그의 얼굴에 미소가 번졌다.

"자! 이제 소원을 빌자."

아이와 서민수가 무릎을 꿇고 두 손을 모아 기도를 올렸다. 좀 전과 다른 진지한 기운이 그들을 감싸고 있었다. 기도는 한참 이어졌다. 살랑거리는 바람이 다섯번 넘게 그들을 휘감고 지나갔다. 오랜 기도는 그들의 표정에서 미소를 앗아갔다. 먼저 눈뜬 건 그였다. 아이는 그가 눈을 뜨고도 오랫동안 기도를 올린 뒤에야 비로소 두 손을 무릎에 내려놓았다.

"무슨 소원을 그렇게 오래 빌어?"

서민수가 물었다.

"아저씨는요?"

"모든 일이 잘되길 빌었다. 지금 내게 처한 상황이 잘 해결되고 우리 가족들 행복하게 해달라고."

"저는 아빠가 나를 찾지 않게 해달라고 빌었어요."

서민수의 표정이 어두워졌다.

"그렇게 아빠가 싫어?"

서민수보다 더 어두운 표정으로 아이가 말했다.

"네. 무서워요. 두번 다시 보지 않았으면 좋겠어요."

서민수는 생각에 잠겼다. 자신은 아버지와 그리 나쁜 기억으로 살아온 적은 없었다. 호되게 혼났던 기억조차 지금은 추억이자 어린 시절의 일부였다. 아버지와 함께한 시간은 분명 행복한 기억으로 자리 잡고 있었다.

"행복한 기억은 사라지는데 아팠던 기억은 사라지지 않

나 보다."

"……"

"아픔은 간직되는데 행복은 왜 간직할 수 없을까? 우리 아버지와 많은 추억을 만들었는데 나는 기억하지 못하고 살았던 걸까?"

"아저씨 말대로 아픈 기억이 아니라서 그런가 보죠. 나는 요. 엄마 생일은 기억 못하지만 엄마가 죽은 날은 기억하거든요. 아픈 기억이라서 기억하는 거 아니에요?"

"응?"

"엄마 생일은 음식도 안 해요. 대신 죽은 날에는 음식도 하지요. 아저씨도 그렇지 않아요?"

"듣고 보니 그렇구나."

아이의 말에 서민수가 긍정을 표했다. 자신도 모르게 고개를 끄덕이고 있었다. 그 역시 그랬기 때문이다. 어머니의 음력 생일은 기억하지 못했다. 하지만 제사는 기억했다. 아버지와의 추억도 비슷한 맥락이 아니었을까? 슬픔과 아픔보다는 행복한 기억이 더 많았기에 잊고 살았던 것은 아닐까? 이렇게 생각하니 잊고 사는 억울함이 조금은 덜해지는 것 같았다. 그가 아이의 머리를 쓰다듬었다.

"오늘은 아저씨랑 찜질방에서 씻고 잠이나 늘어지게 자볼까? 이곳에 들르면 아버지가 항상 사주던 음식이 있는데 거기에서 일단 허기진 배나 좀 달래 보자."

*

"다 됐소이다. 이제 잘 달릴 거요."

할아버지가 브레이크 보도를 단단히 조이고 서수철에게 말했다.

"고맙소. 내 다시 들르거든 막걸리 한잔 사겠소."

"그러지 말고 부용산 들렀다가 오늘은 여기에서 묵고 가시오. 가면 또 해 떨어질 시간인데 오늘은 여기서 주무시고 내일 일찍 가면 되잖소."

할아버지와 서수철이 동시에 할머니를 바라보았다. 할머니가 인자한 모습으로 할아버지의 말을 거들었다.

"그리하오. 어차피 해 지면 또 잘 곳이 있어야 할 텐데 하루 더 묵는다고 쌀통이 바닥나는 것도 아니니."

서수철이 할머니에게 말했다.

"고맙소. 그럼 내 잠시 다녀오리다."

오토바이에 시동을 건 서수철이 시원하게 마당을 빠져나갔다. 할아버지와 할머니는 그가 동네를 빠져나갈 때까지 뒷모습을 가만히 바라보았다. 저 멀리 오토바이가 사라지자 할머니가 할아버지에게 물었다.

"왜 하루 더 묵으라 했냐?"

"약을 먹던데. 혹시 치매 약 아니오?"

"맞다더구나."

둘은 여전히 서수철이 사라진 먼 산을 바라보며 대화를 이어갔다.

"그래서 그랬소. 저 양반은 지금 간직하고 싶은 게 많을 거요. 왠지 모르게 남 일 같지 않구먼."

"너도 같은 약 먹냐?"

"그럴 거요. 자식 놈에게 말도 못하고 얼마나 답답하것소."

"내 어제 저 양반이 약을 먹는데 네 생각에 답답하더라."

"정리하고 싶을 게요. 내 이만 가오."

서수철이 부용산 입구에 오토바이를 세웠다. 예전 같지 않은 길에 그의 다리는 감사하며 경쾌한 발걸음을 선물했다. 이제 제법 선선한 기운이 들어 땀으로 범벅이 되는 고생은 하지 않아도 되었다. 그는 길을 따라가며 산딸기가 있는지 확인했다. 많이는 아니었지만 산길을 걸어가는 내내 하나씩 따다 보니 어느새 손에는 산딸기가 한가득이었다. 그가 멈춰 선 곳은 탑이 무성하게 쌓여 있는 큰 나무 앞이었다. 길이 좋아져 예전과 같이 오랜 시간을 걸어야 하는 고단함은 없었지만 왠지 모르게 회상의 시간이 짧아진 것 같아 이내 서운함이 몰려왔다.

그의 시선이 한 탑을 향했다. 어른 무릎 정도 오는 탑은 주위 탑들 중에서 가장 돋보일 수밖에 없었다. 큼직한 돌이 탄탄하게 자리 잡은 탑은 안전하게 차곡차곡 쌓여 있었다. 맨 위에 자리 잡은 돌이 아직은 조금 더 쌓아도 무너지지 않는다며 그에게 외치고 있었다. 그가 주위의 작은 돌을 몇 개 집어와 조심스럽게 탑을 쌓기 시작했다. 떨리는 손으로 겨우 마지막 작은 돌멩이를 올려놓고 그가 무릎을 꿇었다.

"내 살날이 얼마 남지 않았지만 그래도 부탁하고 싶소."

서수철의 입술이 가냘프게 떨려왔다.

"내 죽는 날까지 기억만은 앗아가지 말아주오. 약도 잘 챙겨 먹고 할 테니 내 죽을 때까지 기억을 가져가지는 말아주오. 천지신명이여, 죽은 다음 당신 종으로 살 테니 내 기억만은 가져가지 말아주오. 차라리 내 명을 단축하시오. 죽어버리면 그만인 것을 누군가에게 짐으로 남게 하지는 마시오. 내 자식에게 짐으로 남게는 하지 말아주오. 부탁하오."

서수철이 기도를 마치고 산을 오르며 따온 산딸기의 절반을 제물로 바쳤다. 그가 탑 옆에 자리를 잡고 나무에 기대 앉았다. 낡은 수첩을 주머니에서 꺼내 글을 적어 내려갔다. 이름 모를 새가 지저귀며 그의 귀를 간드러지게 만들었다.

내 오늘은 부용산에 왔다. 네 할아버지가 어린 시절 내게 산딸기를 따준 곳이자 내가 네게 산딸기를 따줬던 곳이다. 산에 오르며 산딸기를 따다 보니 문득 하나의 변하지 않는 진리를 깨달았다. 옛 시절부터 사람이 사라지는 순간까지 절대 부인할 수 없는 사실이 있더구나! 바로 누구나 자식이라는 것이다. 천하의 사기꾼도 이 말을 부인할 수 없을 것이다. 자식으로 태어나 우리는 살아가고 한 남자를 아버지라 부르고 한 여자를 어머니라 부른다. 누구나 아버지와 어머니는 존재한다는 말이다. 그렇게 성장한 우리는 누군가의 아비가 되고 어미가 된다. 비단 사람에게만 적용되는 진리가 아니다. 새롭게 태어나는 모든

생명에는 아비와 어미가 존재하더구나. 참으로 신기하더
구나. 내 어머니와 아버지가 있었건만, 사실을 잊고 살았
다. 마치 나에게는 자식이라는 과정은 없고 아비라는 짐
만이 있었던 것 같다. 왜 나는 아비의 도리에만 전념했을
꼬. 자식의 도리는 왜 그리 외면했을꼬. 내 인생의 절반을
부모님과 함께했다. 너도 그렇지 않더냐? 네 나이 이제
쉰이다. 네 인생의 절반이 넘는 시간, 내가 아비로 살아오
지 않았더냐. 이십년이 조금 넘게 살을 비벼온 자식들과
비교했을 때 너와 내가 더 오랫동안 살을 부비며 살아왔
을 텐데 말이다. 네 할아버지와 나를 생각해도 그렇다. 삼
십년을 넘게 살을 비볐고 네 할아버지가 돌아가실 때 너
는 겨우 열 살도 안 된 아이였다. 삼십년을 보내온 아버
지보다 겨우 열 살도 안 된 네게 더 많은 정을 쏟은 이유
는 무엇일꼬? 원래 그렇다는 요즘 세상 사람들의 말은 왜
그리 나에게 서운하게 들려오는 것일꼬? 젊은 것들이 흔
히 말하는 아버지니까, 라는 말이 왜 그리 괘씸하게 느껴
지는 것일꼬? 젊은 것들은 나이를 먹지 않는다냐? 아비가
되지 않는다냐? 아비가 돼서도 그리 말하며 뒷방에 있을
것이더냐? 왠지 모르게 서운함이 밀려오나 보다. 내 이런

이야기를 적고 있으니. 그러고 보니 나도 그랬다. 요즘 젊은 것들과 같이 아버지니까, 라는 생각으로 세월을 살았다. 그래. 나도 젊은 것들과 생각이 같다. 지금도 젊은 것들과 같이 생각한다. 아버지니까, 라고. 그래야 내 죄의식이 조금은 덜하고 네게 덜 서운할 것 같구나. 아버지니까 네게 서운해하면 안 되고 아버지니까 네 할아버지께 미안해해서는 안 되는구나.

서수철의 눈에는 아버지에 대한 미안함과 자식에 대한 서운함이 공존하고 있었다. 그는 거침없이 펜을 움직였다.

세월이 지나감에 따라 찾아오는 것은 몹쓸 병과 힘 빠진 육체뿐이다. 넘치는 힘을 가진 젊은이들은 아비의 사랑으로 성장해가는데 정작 관심이 필요한 우리 쓸모없는 아비들은 자식들을 저 멀리 보내는구나. 네 할아버지는 어땠을꼬? 비록 모시고 살아왔지만 오랜 시간 늙은 육체에서 자라나는 병마와 싸우면서도 자식에게는 강인해야 한다는 마음만은 사라지지 않았기에 끝까지 병을 숨겼던 네 할아버지 말이다. 네 할아버지가 돌아가시기 몇 달 전

처음 알았다. 듣도 보도 못했던 병마의 이름을 말이다. 수년을 숨기고 살았으면서도 한 번도 내색하지 않았던 지독한 병마의 이름을 말이다.

네 할아버지가 기척도 내지 않고 식은땀을 흘리며 방안에 쓰러져 있을 때 급하게 나는 병원을 찾았다. 새벽 내내 끙끙 앓으면서도 이 아비가 편히 자지 못할까 신음소리 한번 내지 않은 강인한 네 할아버지였다. 아마도 육체는 이미 고통 속에 망가져 죽음을 기다리고 있었지만 정신만은 자식에게 아직도 건재하다는 걸 보여주고 싶었던 것 같구나. 정신없이 병원에 데려갔을 때 나와 비슷한 또래의 의사는 나를 책망했다. 왜 이제야 데려왔느냐고. 그 의사도 이제 내 나이가 되었으니 알 수 있을 게다. 내가 데려오지 않은 것이 아니라 네 할아버지가 말할 수 없었다는 것을. 아마도 의사도 지금쯤 병마와 싸우면서 자식들에게 차마 말하지 못하며 그때의 나와 네 할아버지를 회상하고 있는지도 모르겠다.

의사가 준 건 고작 몇 알의 강한 진통제였다. 이미 고령이고 병마의 진행이 빨라 손을 쓸 수 없다며 고통이라도 조금 잠잠해질 수 있도록 도와드리라 말했다. 나는 의사에게 화를 내기보다 네 할아버지에게 소리쳤다. 왜 말하지 않았느냐며 소리치고 닦달하고 꾸짖었다. 네 할아버지는 아무 말 없이 굳게 입을 닫은 채 고통이 밀려오는 신음을 참고 먼 산만을 바라보고 있었다.

나는 네가 표정이라도 좋지 않을 때면 어디가 아픈지 걱정부터 앞섰지만 네 할아버지의 병이 그렇게 진행됐음에도 눈치채지 못했다. 네게 가졌던 관심만큼만 네 할아버지를 바라봤더라면 벌써 눈치채고도 남았을 병마였던 것이다. 그래놓고 소리를 질렀다. 관심도 없던 내가 네 할아버지에게 말하지 않았다며 성을 내고 있었다.

너도 내게 그럴까? 너 역시 내 건강에 대해 관심이나 있으려나? 그래놓고 내 병을 알게 되는 순간 나와 같이 성을 내며 나를 나무라지 않을까? 나는 네 할아버지와 같이 아무 말도 하지 않고 침묵할 것이다. 자식은 원죄라 생각하는 아비들이니.

서수철이 수첩에 닭똥 같은 눈물을 떨어트렸다. 오래전의 못난 죄가 부끄럽고 후회되었다. 나이를 먹어 깨달은 모든 것이 원망스러웠다. 모든 감정을 담은 눈물은 긴 시간

동안 그에게 속죄를 요구했다.

　네 할아버지는 생살이 찢어지는 고통 속에서도 단 한 번도 신음하거나 고통을 호소하지 않았다. 몸을 움직일 수 없었으면서도 끝까지 말하지 않았으며 걸음이 불편해 내가 부축을 하는 동안에도 어떻게 해서든 내게 몸을 맡기지 않으려고 다리에 힘을 주었던 분이다. 방 안에 하루 종일 있으면서도 내가 간혹 산책을 가자 말하면 추워서 싫다는 말로 단번에 거절하던 분이었다. 거동이 가능하셨을 땐 매일 아침 화장실에서 시원한 볼일을 보던 분이 내가 아침마다 화장실에 데려다주려고 하면 나이를 먹어서 그런지 변이 생각나지 않는다며 며칠씩이고 참다가 결국 도저히 참을 수 없는 지경에 이르러서야 화장실에 데려다 달라고 부탁하곤 했었다.

　아! 아! 이렇게 편지를 쓰다 보니 눈물이 마르지 않는구나! 예전 기억이 갑자기 나를 죽도록 힘들게 만들어버리는구나! 네 할아버지의 기억이 떠오르니 나는 불효자였구나!

서수철이 쏟아지는 눈물을 훔치느라 잠시 옷소매를 얼굴로 가져갔다. 하염없이 흐르는 눈물을 주체할 수 없었다. 한동안 눈물을 닦던 그가 겨우 자신의 죄가 담긴 편지를 이어갔다.

어제였을까? 네 할아버지가 세상을 떠나기 몇 달 전이 였을 싯이니. 네게 아침에 네 할아버지에게 별일이 없나 확인을 하러 방에 들어있는데 ○ 빙 안에는 고약한 버 냄새로 가득했다. 참다못했는지 방 안에 변을 보고야 말았더구나. 얼마나 참았으면, 변 색깔이 다 다르고 냄새는 이루 말할 수 없이 고약했다. 그런 네 할아버지는 변을 본 사실이 못난 아비에게 미안했는지 움직여지지도 않는 몸으로 마루에 있던 걸레를 들고 바닥을 닦고 계셨다. 내가 들어오자 생기 없던 얼굴에 붉은빛이 돌더구나. 그런 네 할아버지께 나는 화를 냈다. 왜 말하지 않았느냐며 버럭 소리를 질렀다. 나는 아버지를 꾸중하며 네 어미와 함께 방 안을 치웠다. 그때 네 할아버지가 처음으로 내게 말했다.
"미안하다."
짧고 투박한 목소리. 그런데 지금 생각하니 가냘프고

구슬펐던 목소리다. 미안하다는 말. 살아생전 단 한 번. 그날 내게 말했다.

편지를 쓰다 말고 서수철이 작은 목소리로 "아버지……" 라고 말했다. 하늘을 보니 자신을 기다리고 있는 아버지의 강인한 모습이 떠올랐다. 그는 차마 하늘을 바라볼 수 없었다. 그는 힘없이 홀로 늙고 있는 자신을 보며 저세상에서 죄인으로 있을 아버지의 마음을 느낄 수 있었다.

또 하나의 죄가 나를 부끄럽게 만든다. 내가 학교 숙직을 서는 날이었다. 그날따라 네가 열병이 나 네 어미가 너를 급하게 안고 약방에 갔던 날이기도 하다. 아마 너도 기억하고 있을 게다. 아침에 마당에 들어와 보니 네 할아버지의 신음이 저 멀리까지 들려오더구나. 고통스러운 모습으로 "아무도 없느냐!"라며 소리를 고래고래 지르더구나. 내가 급하게 "아버지!" 하고 소리치며 뛰어갔다. 정신없이 네 할아버지의 방문을 열고 들어가니 이불을 얼마나 휘저어놨는지 여기저기 흩어져 있고 바닥은 땀으로 흥건하더구나. 그런데 네 할아버지는 웬일인지 벽에 기대어 앉아 입술을 굳게 닫고 있었다. 조금 전까지 신음하고 바닥을 뒹굴었던 모습은 상상도 할 수 없을 만큼 태연하게 벽을 의지한 채 앉아 있었다. 나는 네 할아버지의 말을 듣고서야 고통이 엄습했음을 알 수 있었다. 눈을 감은 채 인상을 구기지 않으려고 애쓰는 할아버지가 겨우 입술을 떼며 바들바들 떨려오는 목소리로 말했다.

"약을…… 약을 좀…… 가져다줘……라."

처음이자 마지막으로 네 할아버지가 부탁한 날이었다.

그리고 며칠 후, 네 할아버지는 돌아가셨다. 원래 그놈의 병마는 죽기 직전에 가장 고통을 준다고 하더구나. 그런데 네 할아버지는 새벽 시간 고통을 한 번도 입 밖으로 내지 않으셨다. 그리고…… 얼마나 참으셨던지 변은 온 방 안에 쏟아져 있었고 고통이 몰려오는, 죽음이 몰려오는 순간까지도 변을 치우기 위해 걸레로 방을 닦으며 돌아가셨다. 마지막 그 순간까지 네 할아버지는 짐을 남기기 싫으셨나 보다.

서수철은 손을 떨었다. 입에서 흐느낌이 흘러나와 통곡 소리를 냈다. 그가 마지막 말을 써내려가기 시작했다.

나는 자식에게는 그래도 괜찮은 아비였다고 생각한다. 허나 네 할아버지에게는 천하의 불효자였다. 세상 아비 중 자식에게 잘했다 말하는 아비들은 있지만 부모에게 잘했다는 아비는 본 적이 없다. 모두가 늦은 후회를 했다는 얘기뿐이다. 억울한 건 지금에서야 비로소 깨달았다는 점이다. 네 할아버지가 돌아가셨을 때 느낀 죄의식은 미련이었다. 지금은, 바로 혀를 깨물고 죽어버려 당장이라도 하늘로 올라가 네 할아버지께 속죄하고 싶다.

*

서민수가 아이와 함께 찜질방에서 땀을 흘리고 있었다. 아이가 가마 안이 뜨거운지 괴로워하고 있었다. 그가 아이의 손을 잡고 말했다.

"씻고 나니 인물이 훤하구나."

"더워 죽겠어요. 나가고 싶어요."

"조금만 참아라. 같이 나가자. 여기 식혜를 좀 먹어 봐라. 괜찮아질 거다."

서민수가 건넨 식혜를 아이는 정신없이 마시기 시작했

다. 아이가 힘들어하는 모습에 그가 오래전 기억을 되짚어 이야기하려고 했다.

"우리 아버지가 어떤 사람인지 들려주랴?"

"네."

아이가 더위를 잊었는지 두 눈을 동그랗게 뜨고 서민수를 바라보았다. 부정이 채워지지 않으니 다른 누군가의 이야기로 아이가 대리만족을 하려 한다는 절실함이 그에게 전해졌다. 그의 마음이 저려왔다.

"어린 시절에 우리 아버지가 월급이 쥐꼬리만 했다고는 말했지?"

"네."

"내가 5학년 때였을 거다. 그때는 자전거가 엄청 귀했던 시절이었거든. 쌀 한 가마니 값이었으니 말이다. 지금은 쌀값이 얼마 되지 않지만 그때는 달걀 하나를 주면 버스를 탈 수 있었던 시절이니 쌀이 엄청나게 비싼 시절이었다."

아이가 서민수의 말을 이해했는지 고개를 끄덕였다. 그가 말을 이었다.

"나는 아버지에게 자전거를 사달라고 졸라댔다. 어머니는 한두번 그냥 넘기시다가 내가 계속해서 떼를 쓰니 그때마다 회초리를 드셨다. 나중에는 자전거가 가지고 싶다기보다 오기가 생겨 아버지가 퇴근하고 오는 시간이면 저 멀리 길목에서 아버지를 기다리다 자전거를 사달라고 조르기를 여러 날이었다."

아이의 두 눈은 어느새 뜨거움을 잊고 있었다. 조금씩 서민수와 아이가 마주 보는 거리가 가까워졌다.

"그런데 희한하게 어느 날부터 아버지가 귀가하는 시간이 조금씩 늦어지더구나. 나는 일부러 아버지가 자전거를 사주지 않기 위해 내가 잠자리에 드는 시간에 맞춰 들어온다 생각했다. 괜히 심술이 났다. 어느 날은 잠을 자지 않고 아버지를 기다렸다. 졸린 눈을 비비고 비비면서 잠을 참고 있는데 아버지가 옷에 흙을 엄청나게 묻힌 채 들어왔다. 나는 아버지를 보자마자 펑펑 울기 시작했다. '자전거를 사주기 싫어서 늦게 들어오는 거지!'라고 소리치며 발을 동동 구르며 서글프게 흐느꼈다. 그런 나를 아버지는 꼭 안아주며 조금만 기다리라고 말씀하시고는 등을 토닥여주셨다."

"그래서 자전거 샀어요?"

서민수가 행복한 표정으로 고개를 끄덕였다.

"그래. 조금만 기다리니 아버지는 약속대로 번쩍이는 자전거를 끌고 집으로 돌아오셨다. 그 뒤로 나는 아버지의 기다리라는 말을 신뢰하게 되었다. 아버지는 내가 원하는 걸 말할 때마다 며칠 동안 흙이 묻은 채로 늦은 귀가를 했고 내가 참다못해 언제 사줄 거냐고 투정을 부리면 늘 기다리라며 나를 달랬다. 희한하게도 나는 아버지의 기다리라는 말만 나오면 인내심이 생겼고 아버지는 약속대로 기다리기만 하면 내가 원하는 것들을 들어주시곤 하셨다."

아이의 호기심 가득한 얼굴과 달리 서민수의 얼굴은 땀인지 눈물인지 모를 액체로 뒤범벅되고 있었다. 그가 마른 침을 꼴깍 삼키고 떨어지지 않는 입으로 고해성사를 시작했다.

"그리고 내가 결혼을 하고 회사가 어려워 육개월 정도 월급을 못 받은 적이 있었다. 나는 아버지께 어렵게 전화를 걸었다. 아버지는 그때 어머니의 병으로 인해 병원비가 많이 들어가고 있는 상황이었지. 죄송한 마음을 무릅쓰고 나는 아버지께 사정을 말씀드렸다. 아버지는 내 이야기를 듣더니 딱딱하게 말씀하셨다. '조금만 기다려라'라고."

"아빠가 생활비를 주신 거예요?"

서민수가 아랫입술을 깨물며 고개를 끄덕였다. 아이가 어리둥절한 모습으로 그를 바라보았다. 그가 수건으로 얼굴을 닦아냈다. 가마 안에서 이야기하길 잘했다는 생각이 들었다. 아니었으면 다음 이야기를 이어갈 수 없었을 것이다.

"생활비를 주시기 며칠 전, 어머니가 돌아가셨다. 그리고 장례를 치루고 난 뒤, 아버지가 나에게 돈을 건넸다."

"……."

"아버지는 어머니가 뇌사 상태라는 사실을 알면서도 보내지 않으셨다. 금실 좋은 두 분이었지. 생활비를 아끼면서까지 아버지는 어머니를 끝까지 붙잡고 계셨다. 아버지가 내게 쥐어준 돈은 천만 원 정도였다. 병원비도 밀려 있는 상태에 장례 비용도 만만치 않게 나왔을 텐데, 아마도 부조받은 돈을 모두 내게 주셨던 것 같다. 그리고 아버지는 병원비와 장례 비용을 조금씩 갚아나가셨던 것 같구나."

서민수의 손에 눈물이 떨어졌다. 그가 아이의 눈을 피해 고개를 숙였다. 눈물은 보이지 않았지만 어깨가 들썩이는 건 어쩔 수 없었다. 아이까지도 눈치챌 정도로 그는 오열을 터트렸다. 다행히도 가마 안에는 두 사람뿐이었다. 아이가 자신의 수건으로 그의 얼굴을 닦아주었다.

"사실 나는 아버지가 어떤 일을 하고 어떻게 해서 내 부탁을 들어주는지 어린 시절부터 알고 있었다. 다른 사람의 농장에서 돼지 똥을 치워서 돈을 마련하시는 걸 왜 모를까. 밤늦게 들어오는 날이면 분명 돼지 똥 냄새가 옷에 가득했었는데 말이다. 내가 생활비 이야기를 꺼낸 뒤 어머니가 돌아가셨는데 그 돈이 어떻게 나오는지 내가 왜 모를까. 하지만 죄의식은 없었다. 잔인하게도, 정말 잔인하게도 죄의식 따위는 없었다. 아버지가 기다리라고 했기 때문이다. 아버지의 모든 말은 부정하며 살아왔는데도 나는 아버지의 기다리라는 말은 지독히도 이기적인 마음으로 철저하게 순종하며 살았다."

아이의 눈에도 눈물이 고였다. 서민수가 아이를 안았다. 누군가의 어깨와 가슴이 필요했다. 위로가 필요했다. 만약 아이가 자신을 질타한다면 견딜 수 없을 것 같았기에 자신을 동정해주길 바라며 아이를 꼭 안았다.

"나는 아버지가 기다리라는 말에 어떻게 돈이 나오는 줄 알면서도 한 번도 그 말을 거스르지 않은 사람이다. 다 알았다. 똥을 치우는 것도, 어머니의 목숨 값이라는 것도. 그러면서도 며칠 전 아버지께 전화를 걸었을 때 기다리라는 말이 나오는 것에 또다시 마음이 편안해졌다. 정말 잔인하다. 자식이라는 존재, 나라는 존재, 정말 잔인하다."

"기다려"라는 아버지의 말만 들으면 신기하게도 인내심
이 생기던 자신을 떠올리며 서민수는 몸서리쳤다.

*

서수철이 마당에 오토바이를 세웠다. 할머니가 방문을 열
며 "왔소? 아직 식전이요?"라고 물었다. 이미 시골은 한밤
이 찾아와 있었다. 서수철이 손을 절레절레 흔들며 말했다.
"오다가 묵밥 먹었소이다. 괜찮소."
서수철이 대충 세수를 했다. 할머니가 마당으로 나왔다.
"눈이 부었소."
할머니가 수건을 건네며 말했다. 서수철의 얼굴이 붉어
졌다. 할머니가 돌아서서 부엌으로 향했다.
"기다리시오. 양갱하고 마실 것 좀 내오리다."
서수철이 자연스럽게 마루에 걸터앉았다. 달빛이 밝았
다. 마당을 훤히 비추는 고요한 빛은 마음마저 고요하게 만
들고 있었다. 잠시 후, 할머니가 양갱을 접시에 담아 사이다
와 함께 상을 내왔다.

"드시오."

"고맙소."

서수철이 양갱을 한입 베어 물고는 달을 올려다보았다. 할머니에게 부은 눈을 보여주기 싫어서였다. 할머니도 덩달아 그와 함께 고개를 하늘로 향했다. 가을이 깊어짐이 느껴졌다. 할머니가 먼저 입을 열었다.

"왜 우셨소?"

서수철은 여전히 시선을 하늘에 두고 말했다.

"아버지를 생각하니 눈물이 나네그려."

서수철은 부끄러워하지 않고 말했다. 할머니도 그의 말에 동감하는지 진지하게 듣고 있었다. 할머니가 씁쓸한 표정으로 말했다.

"자식들이 보면 주책이라고 할까요?"

"그러겠지."

"지들은 안 울고 사나? 내 느끼는 게 있소. 아무리 나이를 먹었어도 어미 아비가 살아 있으면 펑펑 울어도 전혀 부끄럽지 않소. 근디 부모가 죽으면 눈물도 쑥스러운 것이 되는 것 같소이다."

"그런가?"

"내가 그러오. 그리고 댁도 그러지 않소?"

할머니의 이야기에 서수철이 가만히 지난날을 돌이켜보았다. 할머니의 말처럼 그랬던 것도 같다. 아버지가 살아 있을 땐, 울었던 기억이 꽤 많이 남아 있었다. 어른이 되어서도 아들이 아파서, 어머니가 돌아가시면서, 아내가 출산했을 때, 사는 게 힘겨워서, 왠지 모를 부담감과 짓눌림에 꽤나 많이 울었고 아버지 앞에서도 눈물을 보이며 어깨를 빌렸던 적이 있었다. 그런데 아버지가 돌아가시고 나서 그는 울었던 기억이 없다.

서수철이 할머니에게 질문을 하는지 스스로에게 질문을 하는지 알 수 없는 투로 물었다.

"무의식적으로 아버지가 살아 있음에 어른이 되지 않았던 겐가?"

할머니가 한숨을 내쉬었다.

"그럴 수도 있지 않것소. 듣고 보니 그렇네. 우리는 부모가 돌아가셔야 어른이 되는가 보네."

"내 꽤 오랜 시절 소년으로 살았구려."

서수철이 애처로운 농을 던졌다. 할머니가 나오지 않는 웃음을 지어 보였다.

"나도 그러이. 오랫동안 소녀로 살아왔구먼. 오랜만에 울어 보니 어떻소?"

"시원하오. 왠지 모르게 시원해지오."

"어찌하면 눈물이 나오? 내 울어 본 지가 하도 오래돼서 기억도 안 나오."

"간단하오. 우리가 살아온 시절을 생각하고 아버지가 생각한 시절을 생각하니 서러워 울 수밖에 없소. 한번 해보오."

"아이고. 남사스러워라. 나중에 댁이 가고 나면 한번 해 보겠소."

다정히 앉은 두 사람은 양갱을 베어 먹으며 달빛의 보호 아래 긴 시간 명상에 잠겼다. 서수철이 눈을 감고 누가 들을까 두려운지 할머니에게만 전달될 정도로 조용히 속삭였다.

"의지할 곳이 있는 한 사람은 눈물이 마르지 않나 보오. 의지할 곳이 사라지면 눈물도 사라지나 보오."

할머니 역시 서수철만 들을 수 있을 정도로 작은 소리를 냈다.

"그럼 자식들은 의지할 곳이 아닌가 보오. 오히려 눈물을 빼앗아가지 않소. 늙어서도 짐이 되지 않소. 걱정만 하지 않소. 늙어도 짐을 덜어주거나 걱정해주는 자식은 없구려. 그래서 눈물도 우린 멈춰버렸구려. 힘이 없는 늙은이가 되어서도 언제나 강한 어미나 아비로 남아 녀석들 눈물만 받아줘야 하는구려. 그래서 자식이 어미나 아비보다 먼저 가야지만 그때서야 눈물이 흘러내리는구려."

아비라면 말이다

서민수는 해가 중천에 떴는데도 일어나지 못했다. 아이는 먼저 일어나 찜질방 이곳저곳을 돌아다니며 지루함을 달래고 있었다. 얼마나 지났을까? 아이는 그에게 다가가 조심스럽게 어깨를 흔들었다. 그가 조금도 지체하지 않고 눈을 부릅떴다. 그는 아이에게 "몇 시니?"라고 걸걸한 목소리로 물었다.

"오후 한시 다 돼가요."

"벌써?"

서민수가 몸을 벌떡 일으켰다. 어제 한참을 울다 지쳐버린 그는 오랜만에 숙면을 취할 수 있었다. 덕분에 불면증으로 생긴 고통스러운 두통은 말끔히 사라졌다. 그는 성큼성큼 사우나로 내려가기 시작했다. 아이가 뒤를 따랐다.

"오늘 우리 낚시나 갈까?"

"낚시?"

"한 번도 해본 적 없니?"

아이가 고개를 끄덕였다. 사우나로 들어선 서민수가 옷을 훌러덩 벗고 탕 안으로 들어갔다. 아이도 재빨리 옷을 벗었다.

"우리 아버지와 함께 갔던 비밀의 장소가 바로 낚시터거든. 많이도 왔었다. 아버지가 내게 할 말이 있을 때마다 데리고 왔던 곳이기도 하지. 내 자식들과도 종종 아버지와 갔던 장소에서 낚시를 즐겼다. 그곳에 가면 말이다. 왠지 모르게 대화가 하고 싶어진다. 낯설던 자식들과의 대화에 친근함이 묻어 나온단다. 우리 아이들도 그랬을까?"

"……."

서민수가 거울을 바라보았다. 옛날, 아버지와 함께 놀러 갔던 어린 그의 모습은 더는 비춰지지 않았다. 기억만은 아직 자신의 어린 시절을 간직하고 있건만 거울은 늙어버린 자신의 초라한 모습만을 비추고 있었다. 그가 미련이 가득 담긴 목소리로 말했다.

"우리 아버지가 말씀하셨다. 낚시는 인생이다. 낚싯줄이 던져지는 때와 같이 인생도 언젠가는 버려질 때가 찾아온다. 그리고 기다림이 존재한다. 분명한 것은 기다림 후에 반드시 기회가 찾아온다는 것이다. 누구나 무언가를 얻어낸다. 다만 기다림의 시간과 무언가를 얻었을 때 그것이 큰 것인지 작은 것인지의 차이만 존재할 뿐이다. 그러니 조급해하지 마라. 분명 어떤 기회든지 찾아오고 기회가 생겨나면 반드시 얻는 것이 있을 터이니."

아이는 이해하지 못했다는 듯 양치질을 하며 그를 멀뚱멀뚱 바라보았다. 서민수는 아이가 이해해주리라는 생각을 포기한 채 말을 이었다.

"딱 네 나이 때 아버지가 해주셨던 말이었다. 그 시절에는 나도 무슨 말인지 잘 몰랐었다. 나이를 먹어가면서 알 수 있게 되었지. 아마도 내 인생이 버려지는 순간이 지금인 것 같다. 헌데, 정말 기다리면 기회가 찾아오고 얻는 것이 분명 있을까?"

서민수의 말에 자신감은 찾아볼 수 없었다. 불안만이 가득한 패잔병의 목소리였다. 아이는 양치질을 하다가 치약을 뱉어내며 말했다.

"아저씨, 아저씨 아빠를 믿어요? 예를 들면 말이에요. 아저씨가 하루 동안 백만 원을 맡겨야 한다면 아저씨 아빠를 믿고 맡길 수 있어요?"

서민수가 자신 있게 대답했다.

"그럼. 내 전 재산을 맡길 수도 있다. 일년이 아니라 평생을 맡길 수도 있는 유일한 분이다."

아이가 이해할 수 없다는 표정으로 서민수를 바라보았다.

"그런데 왜 아저씨는 아빠를 믿지 않아요? 전 재산을 맡길 수도 있는 아빠가 한 말인데 말이에요."

*

좁은 이차선 도로. 도로는 저수지를 감싸고 있었고, 저수지는 사람의 손길을 거부한 듯했다. 이차선 도로에 바짝 붙어 있는 저수지는 울창한 나무들로 자신을 철저하게 방어하고 있었다. 한적한 도로에는 차가 한 대도 다니지 않았다. 조용했던 도로는 시끄러운 오토바이 두 대가 내달리면서 부산해졌다. 서수철과 할아버지의 오토바이였다. 서수철이 앞장서서 달리고 있었다. 뒤를 따라가던 할아버지가 소리쳤다.

"저수지에 들어갈 수는 있는 게요? 나무들뿐이고만."

시끄러운 오토바이 소리 때문에 서수철은 아무 말도 들리지 않는지 묵묵히 도로를 내달리기만 했다. 할아버지도 묻는 걸 포기하고 그저 뒤를 열심히 쫓아갔다. 서수철이 한참을 내달린 끝에 속도를 조금씩 줄이기 시작했다. 소음이 가라앉자 할아버지가 다시 물었다.

"저수지에 들어가긴 어려울 것 같소만. 길이 있는 게요?"

"기다려 보오. 이 근처였던 걸로 내 기억하고 있으니. 하나도 변하지 않았구려."

서수철이 속도를 줄이고 경치를 구경했다. 할아버지는 의심이 가득한 눈으로 서수철을 바라보며 따라갔다.

"예전과 달리 나무가 더 많아진 건 아니오?"

"분명 길이 있소이다. 아! 저기요!"

서수철이 가리킨 방향으로 할아버지가 시선을 돌렸다. 놀랍게도 좁은 공간이 눈에 띄었다. 나무가 반듯하게 잘려 나가 있는 공간은 저수지로 들어갈 수 있는 유일한 통로였다. 서수철이 천천히 오토바이를 도로 한편에 세웠다. 할아버지가 그의 오토바이 뒤에 바짝 멈춰 섰다.

"길이긴 한데, 오래전에 와봤다고 하지 않았소? 나무는 분명 최근에 잘려나간 것 같소만."

"원래 여기가 군사 지역이오. 6·25 때 북한군이 밀고 들어왔을 때 우리 국군이 잠복하고 있었던 곳이 바로 이 저수지요. 그때 대승을 거뒀다고 우리 아버지가 말씀하셨소이다. 그때부터 쭉 이곳에서 군인들이 훈련을 하오. 여기가 그 통로인 게지."

"그렇구려. 내 이 동네에 살면서도 한 번도 들어와 보지 못했소."

"낚싯대 챙겨서 들어갑시다."

각자의 오토바이에 실려 있던 낚싯대를 들고 나무가 울창한 숲 안으로 들어갔다. 다섯 걸음 정도 들어가자 넓은 저수지가 그들을 반겼다. 저수지 안쪽은 의자를 하나 놓으면 물이 닿을 정도로 땅이 비좁았다. 나란히 옆으로 낚시 의자를 내려놓은 그들은 숙련된 솜씨로 낚싯대를 조립했다. 먼저 낚싯대를 던진 건 서수철이었다.

"어떠시오? 괜찮지 않소? 내 아버지가 자주 데려왔었소. 이 좁은 데에서 하루 내내 낚시를 했던 적도 있었지. 오래됐소이다."

할아버지도 이내 낚싯대를 조립하고 줄을 저 멀리 던져
놓았다.

"이런 좋은 기억도 사라질 테지. 얼마나 됐소?"

"모르것소. 초기라고는 하는데 내 깜박깜박한 지는 꽤 된
것 같소이다. 댁은 얼마나 됐소?"

"육개월째요. 다행히도 진행은 되지 않은 것 같구려. 가
끔 아침에 멍하고 뭘 먹었는지 기억나지 않는 정도요."

"어제 댁 이야기를 듣고 어찌나 반갑던지. 치매라는 소리
에 반갑기는 처음이요."

둘은 서로 마주 보며 주름진 얼굴에 미소를 보였다. 잠시
그들에게 침묵의 시간이 다가왔다. 무슨 생각에 빠져 있는
지 서로 아무 말이 없었다. 그저 둥둥 떠 있는 찌만을 바라볼
뿐이었다. 서수철이 노랫가락처럼 한 구절의 시를 읊었다.

"풍덩. 내 인생이 낚싯줄과 같이 버려지는구나. 고요. 기
다림이 시작되는구나. 휙. 기회가 찾아오는구나. 아이고야~
월척이로고. 내 인생에 월척이 찾아왔구려~ 얼씨구나~."

서수철의 노랫가락 비슷한 말에 할아버지가 물었다.

"낚시와 인생이 얼추 비슷하구려. 누가 지은 것이오?"

"우리 아버지라오. 내 아버지가 지은 노래라오."

"좋은 말이오. 언제까지 우리 기억할 수 있을진 모르겠지만 좋은 말과 가락이오."

"늙으면 당연한 병마가 왜 이리 원망스러울꼬."

"나만 그런 게 아니구려. 나도 원망스럽소."

외로움의 기운이 그들을 감싸 안았다. 할아버지가 점퍼 주머니에서 챙겨온 양갱을 서수철에게 건넸다. 둘은 다정하게 양갱을 한입 베어 물고는 질겅질겅 씹기 시작했다.

"밥 먹은 것도 까먹는 세월이 오면 어떡하오? 내 댁을 만난 시간도 까먹고 이렇게 담소를 나누는 시간도 까먹으면 어찌하오?"

서수철이 두려움을 가득 담은 어투로 말했다. 할아버지가 그의 말을 다정하게 받았다.

"차라리 빨리 죽어버렸으면 하는 생각도 했소이다. 기억을 안고 죽어버리길 바랐던 적도 있었소이다. 내 아버지가 그랬소이다. 치매에 걸려 산 것도 죽은 것도 아닌 시간을 이년이나 살았소이다. 그런데 말이오. 내 아버지를 보면서 그래도 살아야겠다고 생각했소."

"아버지가 치매였소?"

"그렇소. 힘들었소. 똥 치우는 것도, 다 늙은 우리 누이에게 밥 안 준다 성을 내는 것도, 온갖 욕설과 고함으로 새벽을 보내는 것도 말이오. 그런데 아버지가 떠나고 나니 생각나더이다. 늙어버리니 생각나더이다. 그래도 아버지가 있어 내가 성도 내고, 아버지가 있어 투덜거리기도 하고, 아버지가 있어 같이 욕도 하며 싸우기도 했소. 아버지가 없으니 성을 낼 수도 없고 투덜거릴 수도 없고 욕도 할 수 없소."

"늙으면 한창때와 다르다는 말이 거짓이구려."

"맞소. 늙어서 성질이 죽는 게 아니오. 아비가 없기에 스스로 놓아버리는 게요. 참아지는 게요."

어느새 그들에게 낚시는 중요하지 않았다. 낚시는 형식이었고 진지한 담소를 나누기 좋은 곳을 찾아온 듯했다. 움직임 없는 찌는 여전히 기다림만을 기대하고 있었다. 그들은 기다림이 지겹지 않았다. 오히려 찌가 가라앉지 않기를 바랐다. 찌가 가라앉게 되면 그들의 대화는 중단될 것이다. 짧은 시간이라도 대화가 중단되지 않기를 그들은 바라고 있었다.

"내 궁금한 것이 생겼소이다. 대답해줄 수 있소?"

서수철이 물었다. 할아버지가 고개를 끄덕였다.

"내가 아는 것이라면 대답해 드리리다."

"내 어린 시절을 돌이켜보면 우리 아버지는 단 한 번도 당신을, 아버지가 말이다, 라고 높여 칭한 적이 없었소. 항상, 아비가 말이다, 라고 스스로를 낮춰 불렀소. 댁의 아버지는 어떠오?"

할아버지가 잠시 생각했다. 하지만 바로 고개를 절레절레 흔들며 말했다.

"내 기억도 그렇구려. 한 번도 우리 아버지가 아버지라 칭한 적이 없소이다."

"우리 아버지들은 왜 그랬을까? 나는 그랬소. 아이가 어렸을 땐, 아빠 왔다, 혹은 아버지 왔다, 라는 말을 주로 사용했건만 자식이 자랄수록 아빠, 아버지란 말이 왠지 모르게 나오지 않았소. 내 조금씩 아비가 되어가더구려."

할아버지의 눈에 동병상련의 감정이 가득했다.

"나도 그랬던 것 같소. 아마도 말이오. 자식들에게 우리는 점점 죄인이 되었나 보오. 당당하던 우리가 사라지고 보잘것없는 아비가 되어갔던가 보오."

"나나 댁이나, 우리 아버지나, 댁의 아버지나, 아버지보다 아비로 살아간 시간이 더 많은가 보오. 그러니 우리 기억에도 분명, 아버지가 말이다, 라고 칭했던 우리 아버지들이 존재하건만 우리가 너무 어려서 기억하지 못하나 보오. 참으로 못된 우리요."

그들은 입언저리에 엷은 웃음을 띠었다. 슬픈 기억일진 데 분명 웃음이었다. 웃음 속에 담긴 그들의 기억은 모두 슬픔인데 말이다.

서수철이 할아버지의 무릎에 손을 가져갔다. 할아버지가 그의 손을 잡았다. 공감, 그것을 뛰어넘는 서로의 닮은 모습 에 손은 그들의 모든 것을 연결해주고 있었다.

서수철이 먼저 입을 열었다.

"내 소싯적 교단에 서면서 누군가에게 들은 이야기가 있 소이다. 죽는 순간에는 자식보다 아버지를 생각하게 된다 더구려. 정말 힘든 시기가 찾아오면 자식보다는 아버지를 생각하게 된다더구려. 극한의 두려움은 젊고 힘 있는 자식 들이 아닌 늙고 병든 아버지를 생각하게 만든다더구려. 자 식들은 절대 제 아비를 위해 목숨을 던지지는 않지만 아버 지는 늙고 병든 몸으로라도 자식을 지켜준다는 믿음 때문 에 그러한다 하더구려. 내 지금 그러하오. 아버지가 몹시도 그립소."

할아버지가 서수철의 손을 꼭 잡았다.

"부모는 열 자식 보듬어도 자식은 한 부모 보듬지 못하는 게 진리인가 보오."

내 새로 사귄 동무와, 너와 그리고 네 할아버지와 자주 오던 낚시터를 찾았다. 오래되었구나. 이곳을 찾은 지가 언제였을꼬? 동무와 세상살이 이야기를 하다 보니 시간 가는 줄 모르고 떠들게 되었다. 이야기를 하다 보니 많은 것이 스쳐 지나가더구나.

내가 아마도 여덟 살 때였던 것 같다. 막 학교를 입학했었나? 아니면 학교에 가기 전이나 그쯤이었을 것이다. 먹고살기 어려운 시절이라 사람살이도 각박했다. 그래서일까? 인심은 없고 모두가 살기 위해 발악하던 기억이 가장 많이 잔류하고 있구나.

아직도 그때를 기억하는 이유는 너무 억울한 일을 당해서이다. 겨울이었나, 여름이었나 생각도 나지 않지만 억울했던 기억은 아직까지도 눈앞에 선하게 펼쳐지고 있다.

우리 앞집에 살던 이웃 어른이 내 멱살을 잡은 적이 있었다. 집에 놔둔 보리가 없어졌다는 이유에서다. 내 분명 그 집에 놀러가 몇 시간을 놀았지만 보리는 본 적이 없었다. 우리 집 마당으로 내 멱살을 끄집고 들어온 어른이 아버지를 불렀다. 작은 나를 거칠게 흔들어댔고 아버지가 마당으로 나오자, 어른이 온갖 욕설과 함께 보리를 훔쳐간 도둑놈을 잡아왔다며 동네가 떠내려가라 소리쳤다. 아버지가 내게 다가와 물었다.

"네가 훔쳤느냐?"

나는 아버지가 내 편이 돼 줄줄 알고 당당하게 말했다.

"아니요."

그런데 아버지가 내 뺨을 다짜고짜 후려갈기며 다시 물었다.

"네가 훔쳤느냐?"

나는 눈물을 겨우 참으며 말했다.

"아니요."

다시 한 번 내 뺨을 때린 아버지는 회초리를 꺾어 와 마당에서 거칠게 내 종아리를 걷고는 다시 물었다.

"네가 훔쳤느냐?"

"아니요."

나는 이번에도 단번에 말했다. 훔치지 않았는데 훔쳤다고 할 수 없는 노릇이었다. 아버지의 회초리가 사정없이 내 종아리를 내리쳤다. 나는 도망치려 발악했지만 아버지의 굵은 손은 나를 놓아주지 않았다.

"훔치지 않았어요. 정말 훔치지 않았어요."

나는 악다구니를 쓰며 아버지께 말했지만, 아버지는 듣는 시늉도 하지 않고 회초리를 내려치며 나보다 더 큰 소리로 물었다.

"네가 훔쳤느냐!"

나도 질세라 곧은 소리를 내질렀다.

"아니요! 안 훔쳤어요!"

내 종아리에 피가 맺히기 시작했다. 이웃 어른은 아버지와 내 모습을 보고 서둘러 자리를 떠났다. 어느새 모여 있던 다른 어른들도 하나둘 자리를 뜨기 시작했다. 모두가 떠난 자리에서 아버지는 회초리를 마당에 던져버리고는 나를 와락 안았다.

"고맙다."

그렇게 호랑이같이 성을 내던 아버지의 입에서 나온 말은 기어들어갈 것 같은 목소리이긴 했지만 다정한 속삭임이었다.

나는 그런 아버지를 이해하지 못했다. 내가 어른이 되

고 너를 낳아 기를 때까지도 그때의 아버지를 이해할 수 없었다. 헌데 내가 아버지와 같은 경험을 하고 나서야 비로소 어떤 심정의 회초리였는지를 알 수 있었다.

김 씨 아들과 너의 억울한 일을 기억하느냐? 아마도 기억할 것이다. 나와 같이 너도 마음에 담아두고 있는 원망일 터이니. 구멍가게에서 김 씨네 아들과 네가 엿을 훔쳤다며 우리 학교로 주인이 찾아온 적이 있었다. 내 어린 시절과 똑같이 멱살을 잡힌 채 말이다. 나는 내 아들의 멱살을 다른 누군가가 잡고 있다는 사실을 인정할 수 없었다. 또한 네가 물건을 훔쳤다는 사실도 믿을 수가 없었다. 나 역시 아버지와 같이 너에게 매를 들었다.

"네가 훔쳤느냐!"

"아버지, 나 안 훔쳤어요."

너는 내게 말했다. 나는 안도의 한숨을 쉬며 '그래. 내가 옳았어!'라고 마음을 쓸어내렸다. 헌데 내 손은 네 종아리를 내쳤다. 왜 그랬을까? 보여주고 싶었다. 구멍가게 주인에게 내 아들은 절대 그럴 리 없다는 걸 외치고 싶었다.

"훔쳤느냐?"

나는 물어보는 도중에도 가슴을 졸여야만 했다. 네가

훔치지 않았다는 것을 이미 알고 있지만, 네가 혹시나 매가 무서워 인정하게 될까 봐 두려웠다.

"아니요. 저 안 훔쳤어요."

네가 겁을 잔뜩 먹은 모습으로 말했다. 나는 안도했고 몇 차례 너를 때리기를 여러 번이었다. 그때마다 나는 훔쳤냐고 물었고 너는 훔치지 않았다고 대답했다. 고마웠다. 끝까지 부인하는 네 모습에 자랑스러움을 느끼며 끝없는 고마움에 가슴으로 울었다.

주인은 무안했는지 황급히 자리를 떠났다.

그때 나도 너를 껴안으며 말했다. 고맙다, 라고.

민수야! 네 나를 너무 원망 마라. 아비라는 존재는 원래 그런 것이다. 알면서도 확인받으며 당당해진다.

내 오늘 동무와 많은 이야기를 나누며 자식과 아버지에 대한 그리움을 셈해봤다. 수학으로 풀기 난해한 많은 문제가 봉착했지만 의외로 쉽게 셈의 답이 나오더구나.

자식은 자식이다. 아비는 아비다. 아비와 자식은 같다. 자식이 아비가 되고 아비가 곧 자식이다. 하지만 우리는 자식의 자리는 잊고 살아간다. 덧셈과 뺄셈을 배우며 우리는 곱셈을 익히지만, 우리는 덧셈과 뺄셈을 잊고 곱셈과 나눗셈을 기억하고 살아간다. 분명 기본적인 모든 것은 덧셈과 뺄셈이건만 곱셈은 곱셈이오, 나눗셈은 나눗셈이라 생각하게 되는 이치와 뭐가 다를까?

동무와 나는 비슷한 부분이 많더구나. 자식으로 살아왔고 아비로 살아왔다. 어찌 보면 세상 모든 남자들은 비슷할 것이다. 아버지, 자식으로 한평생을 살아가는 똑같은 존재들일 것이다.

내 오늘 동무와 막걸리를 먹기로 했다. 기억이 가물가물한 것들을 모두 끄집어내볼 생각이다. 네 할아버지를 오랜만에 추억해볼까 한다.

*

서민수와 아이가 택시에서 내려 좁은 이차선 도로를 걷기 시작했다. 아이가 힘들었는지 그에게 좀 쉬었다 가자며 앓는 소리를 했다. 그는 뒤처져 걸어오던 아이 쪽으로 걸음을 돌렸다. 아이는 그가 다가오자 길에 풀썩 주저앉았다. 울창한 나무들이 저수지를 가로막고 있고 건너편은 높은 산으로 둘러싸여 있어서 시원한 그늘을 만들었다. 그 그늘이 아스팔트를 감싸고 있었다.

"힘들어?"

"벌써 삼십분째 걷고 있잖아요."

"에이. 삼십분이라니 겨우 십분 걸었고만."

"몰라요. 조금만 쉬다 가요."

아이는 투덜거리며 자리에서 일어날 줄 몰랐다. 한적한 도로는 위험해 보이지 않았다. 서민수도 자리에 주저앉으며 아이의 머리를 쓰다듬었다.

"아마도 이곳에서 아버지와 가장 많은 이야기를 나눴을 거야. 이곳에 오니 마음이 편안해지는 것 같다. 아버지가 들려줬던 많은 이야기들. 의지가 되고 있어."

"아까는 믿지 못했잖아요."

아이가 입을 삐죽 내놓고 말했다. 털털한 웃음을 보이며 때가 탄 와이셔츠 소매로 얼굴을 훔친 그가 고개를 들어 올렸다.

"믿지 못한 게 아니라 내가 아버지께 많은 거짓말을 해서 그랬던 것 같다. 아직 어려서 모르겠지만, 남녀 사이에 집착하는 사람들이 꼭 있어. 집착하는 사람은 자기가 바람도 피우고 거짓말하고 술도 마시고 다니기 때문에 그러는 거거

든. 비슷한 경우라고 보면 돼. 아버지가 거짓말을 했다는 게
아니라 내가 아버지께 거짓말을 많이 해서 그런 거야."

"무슨 거짓말이요?"

아이가 서민수를 뚫어져라 쳐다보았다. 든든하게 생각했
던 어른이 거짓말을 했다고 스스로 고해성사를 하는 모습
이 신기했다. 그는 부끄러운지 얼굴을 붉히며 말했다. 마치
아이가 신부님이라 착각을 했는지 그는 사뭇 진지한 목소
리를 냈다.

"아홉 살 때인가? 친구와 구멍가게에서 물건을 훔친 적
이 있었다. 한 번이 어렵지 두번, 세번은 쉽더구나. 여러번
우리가 가게에 왔다가 갈 때마다 물건이 없어지는 걸 눈치
챈 주인은 우리가 가게에 들어오자마자 멱살을 잡고 우리
아버지께 끌고 갔다. 우리는 끝까지 잡아떼자고 서로 입을
맞췄다. 어차피 물건을 훔치는 것을 본 것도 아니니 우리가
아니라고 하면 어쩔 수 없는 일이었거든. 아버지는 나를 친
구와 가게 주인이 보는 앞에서 몽둥이로 호되게 야단치셨
다. 그 와중에도 나는 친구와의 의리를 지킨다는 명목으로
끝까지 거짓말을 했지. 결국 가게 주인은 우리에게 자백을
받아내지 못하고 돌아갔고 아버지는 나를 껴안으며 고마움

의 눈물을 쏟아냈다."

"아저씨도 그런 나쁜 짓을 하고 다녔군요."

아이가 놀리듯이 말했다. 서민수가 가볍게 아이의 머리에 꿀밤을 주었다.

"누구나 한번은 그럴 때가 있는 거야. 너는 없어?"

아이가 머뭇거렸다.

"괜찮아. 아저씨도 말했잖아."

"몇 번 있어요."

기죽은 말투로 기어들어가는 목소리를 내는 아이의 어깨를 서민수가 와락 잡았다.

"괜찮아. 다음부터 그러지 않으면 되는 거야. 봐라. 남자는 누구나 그런 경험, 한번씩은 있다니까. 앞으로 안 그러면 돼. 고백하고 나서, 혹은 한번 걸리고 나서 다시 그런 짓을 하면 못된 거지만 한번 걸리고 안 하면 괜찮은 거야."

"아저씨는 걸리지 않았잖아요."

"아니. 사실 아버지는 알고 있었다. 내가 물건을 훔쳤다는 것을."

서민수의 목소리가 살짝 떨려왔다. 아이는 미세한 그의 감정 변화를 눈치채고 조용히 그를 바라보았다. 그가 감성

충만한 촉촉한 눈으로 이야기했다.

"그날 나는 친구와 함께 구멍가게를 다시 찾아갔다. 복수를 하기 위해서지. 조금 대담하게 사이다를 한 박스 훔치려고 했어. 아저씨 어렸을 땐 사이다가 엄청 귀했거든. 몰래 잠입하려고 가게 근처를 탐색하고 있는데 아버지가 보였다. 우리는 재빨리 몸을 피했지. 아버지는 주인에게 돈을 건네고 있었다. 머리를 숙이면서 말이다. 딱 봐도 내가 훔친 물건 값을 계산하며 다시는 이런 일이 없도록 주의를 주겠다는 모습이었다. 사실, 아버지는 알면서도 나를 믿고 싶었던 것이다. 마치 자식들이 내 지갑에서 만 원, 이만 원을 빼는 걸 알면서도 모르는 척하는 것과 같은 거다."

"아저씨가 훔치는 걸 알았으면 혼냈어야죠."

"두려웠던 거야. 나도 그렇거든. 분명 지갑에 남아 있어야 하는 돈이 비는데도 쉽게 아이들에게 물어보지 못하거든. 뻔히 알면서도 가끔 용기를 내서 '아빠 지갑에 손댔냐?'고 물었을 때 아니라는 말이 나오길 간절히 바라거든."

아이는 도저히 이해할 수 없었다. 아이가 "왜요?"라고 물었다. 서민수가 한숨을 길게 내쉬고서 답했다.

"자식이라서 그런다. 자식이니까……. 어쩔 수 없더라."

석양이 깔렸다. 서수철과 할아버지는 마루에 앉아 막걸리 잔을 기울이고 있었다. 들통에 가득 차 있던 막걸리는 어느새 바닥이 보이려고 했다. 순대와 곱창이 한가득 상 위에 있었지만 할머니는 무언가 부족해 보였는지 부엌에서 김치와 부침개도 들고나왔다.

"누이도 한잔하시구려."

할아버지의 말에 할머니가 고개를 저었다.

"됐어. 많이들 드시구려."

"내 며칠 신세진 턱을 내는 거요. 좀 드시구려."

서수철이 거들었다. 그는 들통을 번쩍 들어 할머니 앞에 들이밀었다. 마지못해 할머니가 그릇을 집어 들었다.

"다행히 오늘 연금이 입금되었소이다. 안 그랬으면 큰일 날 뻔했소. 내 매일 신세지는데, 변변하게 한번 갚지 못했소."

"신세랄 게 뭐가 있소이까. 누이도 혼자 심심했을 텐데 말동무도 하고 좋지요. 며칠 더 여행할 동안 우리 이렇게 자주 보고 밥도 먹읍시다."

할아버지가 술잔을 들었다. 가볍게 마주친 그릇은 서로의 입으로 향했다. 벌컥벌컥 시원한 소리가 그들의 기분을 대변하고 있었다. 막걸리를 비워낸 할아버지가 "캬!" 하며 통쾌한 소리를 냈다. 그리고 할머니가 해온 부침개를 한입 가득 넣고는 서수철을 바라보았다.

"누이가 부침을 잘하오. 한입 드셔 보시오."

말이 끝나기도 전에 서수철의 손이 부침개로 향했다. 노릇노릇 예쁜 빛깔을 띤 부침은 누가 봐도 침이 꼴깍 넘어갈 정도로 맛있어 보였다.

"맛있구려. 내 오랜만에 부침을 먹어 보오."

할머니가 쑥스러운 듯 고개를 숙였다. 할아버지가 거들었다.

"우리 누이의 부침은 항상 어른들이 술안주로 찾던 거였소. 도시에서 자라는 조카 손자들도 시골음식을 그렇게 싫어하면서도 누이 부침은 맛있게 먹는다오."

"그럴 것 같소이다. 간장도 없는데 맛있소."

"그건 경상도에서나 그렇게 먹지. 원래 전라도는 간장에 찍어 먹지 않는다오. 안사람이 경상도 사람이었소?"

"서울 사람이었소. 뭐, 음식 맛깔나는 건 우리 동네가 최고지.”

할머니는 칭찬이 어색했는지 손을 코에 가져갔다. 부침은 금세 동이 났다. 할머니가, “금방 다시 한 장 부쳐 오리다”라고 말하며 흐뭇한 표정으로 발걸음을 부엌 쪽으로 옮겼다. 할아버지가 빈 잔에 막걸리를 가득 부으며 말했다.

“자식들에게 손 안 벌리고 사는 모습이 보기 좋구려.”

“내 다행히도 들어오는 연금이 혼자 살기에 그리 부족하지 않소. 자식들에게 용돈 받고 사오?”

“나는 소일거리를 좀 하오. 내 트랙터가 있어서 남의 밭을 갈아주고 일당을 좀 받으오. 우리 누이는 자식들에게 조금씩 생활비를 타서 쓰는데 매번 미안하다며 얼마 되지도 않는 돈을 아껴 쓴다오.”

“노인이 얼마나 쓴다고 그걸 또 아껴 쓰오?”

서수철이 혀를 끌끌 찼다. 할아버지는 그의 말에 동의한다는 표정을 지으며 답답한 듯 막걸리를 단번에 비워냈다.

“첫째 조카 놈이 삼십만 원, 둘째 조카 놈이 삼십만 원. 총 육십만 원을 주오. 헌데 첫째 조카 놈이 둘째를 낳으면서 이십만 원만 보낸 게 벌써 몇 달째요. 내 당장이라도 야단을 치고 싶소이다. 어려운 살림에 대학까지 보내서 잘 키워놨더니만 그러오. 그것뿐이오? 집 살 때, 논이며 밭이며 팔아서 해줬더니만 그게 당연한 줄 알고 살아가오. 내 화딱지가 나 견딜 수가 없소."

서수철이 호기심 어린 눈으로 할아버지를 빤히 바라보았다.

"그럼 댁은 어떠시오. 아직도 소일거리로 용돈을 버는데 화가 나지 않소? 이제 좀 쉴 때도 되지 않았소?"

할아버지의 화난 표정이 금세 가라앉았다. 서수철은 아무 말 없이 할아버지의 빈 잔을 채워주었다. 할아버지는 담배를 찾았다.

"이상하오. 내 아버지께 많은 걸 받았소. 땅도 받았고 그 덕분에 자식들도 키웠소. 그 땅을 팔아서 자식들에게 줬고 그 돈으로 서울에 있는 놈은 집을 사고, 나와 같이 사는 작은 놈은 개인택시를 한 대 샀소이다. 정작 나는 녀석들에게 받은 것이 없소. 아버지에게 내가 드린 것이 없듯 자식들이 내게 그러하오. 아버지가 내게 원하지 않았듯 나도 자식들에게 그러하오. 녀석들도 나와 같이 자식들에게 해줄 것이오. 그리고 나와 같이 자식들에게 손을 벌리지 않을 것이오. 억울하지 않소. 당연하다 생각하오. 그런데 댁의 말을 들으니 슬퍼지오. 내 새끼들도 자식들에게 다 줘버리고 결국은 나처럼 살거나 댁과 같이 살아갈 것이 아니오."

할아버지는 슬픔을 가득 담은 담배연기를 뿜어냈다.

서수철이 말했다.

"사마귀는 말이오. 새끼를 낳으면 새끼가 어미를 잡아먹소. 내 그걸 알고 몹쓸 곤충이라 생각했소이다. 그런데 사람이 더하오. 당장 모든 걸 앗아가지는 않지만, 조금씩 조금씩 부모에게 있는 모든 걸 가져가지 않소이까. 나도 그랬고 자식들도 그랬소. 손주 녀석들도 그럴 것 아니요. 만약 내 아버지가 살아 있었고 내가 어려움에 처했다면 나는 지금 당장이라도 부탁의 소리를 냈을 거요. 내 자식이 어렵다 말하면 지금 당장이라도 도와주려 했을 거요. 그리 한없이 주기만 한 아버지에게는 하루가 멀다 하고 앓는 소리를 해대며 도움을 바라면서도 자식에게는 참으로 어렵소이다. 아마도 내 평생 자식에게 부탁은 하지 못할 것 같소이다."

서수철의 얼굴에 진한 고독이 드리웠다. 할아버지는 서수철의 말에 강한 긍정을 내보이며 담배를 깊게 빨았다. 휴, 하고 담배연기를 뱉어낸 할아버지는 그에게 어렵게 말문을 열었다.

"내 큰아들이 어렸을 때 많이 아팠던 적이 있소이다."

할아버지의 말에 서수철이 살짝 눈가에 경련을 일으켰다. 할아버지는 잠시 뜸을 들이더니 말을 이었다.

"어렸을 때 대상포진에 걸려 입이 돌아갔소. 의원 말로는 자신의 실력으로는 안 되니 다른 곳을 찾아가 보라 하더이다. 나는 몇 개월에 걸쳐 의원이라는 의원은 다 돌아다녔으나 아이의 증상은 점점 심해졌소. 이제는 얼굴 반쪽에 붉은 기가 돌아, 보기 흉할 정도가 돼버리더구려. 결국 서울에 있는 큰 병원까지 가서 돌아간 입을 다시 되돌려놓았지만 반쪽 얼굴이 붉은 것은 시간이 늦어 어쩔 수 없다고 하더구려. 왜 그리 마음이 아프던지. 나는 아내에게 일년치 농사를 다 떠넘기고는 녀석을 데리고 전국을 떠돌기 시작했소."

서수철의 눈가가 촉촉해졌다. 할아버지의 말이 계속될수록 그 속에 과거의 죄가 담겨 있을 거라는 확신이 본능적으로 다가오고 있었다.

"내 저 멀리 있는 삼천포에 가서야 비로소 녀석의 얼굴을 고칠 수 있었소. 두 달가량 금침을 맞고 겨우 얼굴에 붉은빛을 뺄 수 있었소. 그런데 말이오. 그런데……."

할아버지가 말끝을 흐렸다. 서수철이 재빨리 할아버지의

그릇에 막걸리를 채웠다. 어느새 할아버지의 눈에는 깊은 죄의식과 후회가 담겨 있었다. 마음속에 끓어오르는 화와 아픔을 잠재우려고 할아버지가 급하게 막걸리를 넘겼다.

"내 아버지가 치매에 걸려 밖을 돌아다니다 사흘 후에야 찾은 적이 있소이다. 근처 개울가에서 발견했는데 입이 돌아가 있더이다. 알고 보니 자식 놈이 걸렸던 병에 똑같이 걸려 있더이다. 또 어디에서 넘어졌는지 다리는 부러져 있었소. 의술이 좋아져 입은 제대로 돌려놓았지만 다리는 몸뚱이가 늙으니 오랫동안 붙지 않았소. 그런데 어느 순간 아버지의 얼굴이 자식 놈과 같이 벌겋게 변하는 것이오."

할아버지의 눈에서 눈물이 흘러내렸다. 서수철은 아무 말도 할 수 없었다. 그저 빈 술잔을 채워주는 일만이 그가 할 수 있는 일의 전부였다. 그에게도 할아버지와 비슷한 시간이 분명히 존재했기에.

"나는 아들에게 했던 것과 같이 아버지를 모시고 전국을 돌아다니지 않았소. 다리가 부러져서 위험하다는 핑계를 앞세워서 말이오. 이제 가실 날이 얼마 남지 않았으니 금침을 맞게 해서 아프게 할 수 없다는 그럴싸한 명분으로 말이오. 사실은 내가 하기 싫었소. 내가 치매에 걸린 노인을 데리고 다니는 힘든 일을 하기 싫었을 뿐이오."

할머니가 부엌에서 나오는 소리가 들렸다. 할아버지는 한탄하는 입을 굳게 닫았다. 할머니는 뭐가 그리 신이 났는지 웃는 얼굴로 부침을 여러 장 부쳐왔다. 할아버지가 재빨리 눈물을 훔쳤다. 언제 그리움 속에서 자신의 죄를 원망했냐는 듯 젓가락을 들어 부침을 입에 가져갔다.

"누이, 많이도 부치셨소."

"많이 먹어라. 댁도 많이 드시구려."

서수철은 할머니의 배려에 아무 말도 하지 못했다. 그저 고개를 떨구고 자신의 발을 바라볼 뿐이었다. 이번에는 그에게 그리움을 동반한 죄의식이 해일처럼 몰려들었다. 그의 눈에서 눈물 한 방울이 툭 떨어졌다. 그의 눈물을 눈치챈 할머니가 어리둥절한 모습을 보였다. 할아버지는 애써 그의 시선을 외면했다.

서수철이 눈물을 터트리며 말했다.

"내가 그랬소. 내가…… 아내의 목숨 값마저 자식 놈에게 바쳤소."

밤이 깊었다. 어느새 술통 안의 막걸리는 다 비었다. 술이 빌 동안 서수철의 눈물은 마르지 않았다. 할머니는 술통이 다 비기도 전에 그의 이야기를 듣다가 눈물을 훔치며 방으로 들어갔다. 할아버지는 끝까지 그의 곁을 지켜주며 죄를 나누어주었다. 마치 서로 신부가 되어 죄를 사하는 모습 같았다. 이렇게라도 해야 그들의 마음이 조금이라도 가벼워질 수 있다는 것을 매우 잘 알고 있었기에 그들은 쉬지 않고 떠들어댔다. 술통이 다 빌 때까지 그들의 고해는 계속되었다. 술이 동나자 눈물도 말랐는지 더는 뺨을 적시지 않았다. 둘은 얼큰하게 취한 채로 마루에 나란히 누웠다.

할머니는 방 안에서 그들의 이야기를 들으며 남몰래 눈물을 훔치다가 빠끔히 문을 열어 이불을 건네주고는 다시 방문을 닫고 훌쩍이기 시작했다.

서수철이 어지러운 기운을 이겨내며 말문을 열었다.

"참 이상하오."

할아버지가 너무 떠들어 지쳐버린 목으로 겨우 소리를 냈다.

"뭐가 말이오?"

"내 분명 아내를 사랑해 낳은 분신이 자식이었소. 아내를 사랑하지 않았다면 자식을 낳지 않았을 거요. 안 그렇소?"

"그렇지요. 그랬으니 자식도 생겨났겠지요."

"그런데 나는 아내보다 자식 놈들을 더 사랑하게 되었소. 사랑하는 아내가 나에게 준 선물일 뿐이건만⋯⋯ 아내도 나도 서로보다는 자식을 더 사랑하게 되었소. 그 이유를 알고 있소? 나는 도저히 모르겠소."

할아버지는 잠시 아무 말도 하지 않았다. 자신도 그 이유를 찾아봐야 했기 때문이다. 한 번도 생각해본 적이 없는 문제였다. 서수철이 대답을 포기하고 눈을 감으려는데 할아버지가 무겁게 입을 열었다.

"내 피와 안사람의 피가 섞여서일 게요. 무척이나 사랑하는 아내와 내 존재에 대한 소중함의 가치가 만들어낸 피조물이기에 그럴 게요. 만약 아내 혼자 만들 수 있는 자식이라면, 아비 혼자 만들어낼 수 있는 자식이라면, 그리 소중하지도, 사랑하지도 않았을 게요. 가장 소중한 둘을 완벽하게 섞어 만들어낼 수 있는 존재가 바로 자식이라는 유일한 존재이기에 그럴 게요. 그래서 안사람의 목숨 값도 아깝지 않았을 거요. 안 그렇소?"

　　　　　　　　　　*

　깊은 어둠은 서민수와 아이의 걸음을 재촉했다. 저수지
는 칠흑 같은 어둠에 갇혀버렸다. 가로등은 도심과 달리 간
격 차이가 꽤나 벌어져 있어 음산함을 더해주고 있었다. 아
이가 무서운지 그의 손을 찾았다. 그가 아이를 안심시켰다.
　"괜찮아. 아저씨 자식들도 무서워했는데 시간이 지나면
익숙해져."
　"아저씨는 안 무서워요?"
　아이가 주위를 두리번거렸다. 차 한 대 다니지 않는 이차
선 도로를 걷다보면 저 멀리 하얀 소복을 입은 여자가 그들
을 노려보고 있을 것만 같았다.
　"별로. 아버지와 왔을 때, 나도 너와 같이 아버지를 찾았
다. 자식들과 왔을 땐 자식들이 나를 찾았고. 아마도 말이
야. 자식들이 있기에 두려움마저 이겨낼 수 있었나 보다. 군
대 다녀와서 아버지와 낚시터를 찾았을 때도 은근 살이 떨
려왔거든. 다 커서도 말이다. 그런데 자식들과 오니 그리 무
섭지 않더구나. 세월이 준 무감각이 아닌, 자식이 준 강인함
이었다."

"나도 결혼하면 무섭지 않을까요?"

아이의 말에 서민수는 껄껄껄 웃었다. 그의 큼직한 손이 아이를 토닥였다.

"그래. 그럴 게다. 결혼하면 강해질 게다."

낮과는 전혀 다른 분위기에 무서움을 느끼는 아이와 달리 서민수는 밤기운에 흠뻑 젖어들고 있었다. 차가운 공기의 느낌이 좋았다. 조용한 도로에서는 그의 구둣발 소리만이 들려오고 있었다. 새도 울지 않는 적막함이 그의 마음마저 고요하게 만들었다.

"아저씨. 오늘은 어디서 자요?"

아이의 목소리에는 걱정이 가득 묻어 있었다.

"일단 택시가 보이면 타고 쭉 가 보자. 근처에 묵을 곳이 있을 거야."

"아저씨는 언제 집에 들어가세요?"

"며칠 더, 이렇게 너와 여행을 하고."

"그럼 저는 아저씨 친구분께 가면 돼요?"

"그래. 그런데 말이다. 네 이야기도 좀 해볼래?"

아이가 머뭇거렸다. 서민수가 강하게 아이의 손을 잡았다. 아이의 손에도 힘이 들어갔다. 아이가 말할 때까지 그는 조용히 기다렸다. 아이의 입은 나이에 맞지 않은 구슬픈 소리를 내기 시작했다.

"아빠가 나를 때리기 시작한 건 오개월 정도 됐어요. 엄마는 이년 전에 돌아가셨고요. 아버지는 철강소에서 일을 하셨는데요. 할아버지를 아버지가 모시고 살았어요."

"아버지가 효자였구나."

"기억은 잘 안 나는데 할아버지한테 엄청 잘했어요. 아침에 제일 먼저 할아버지 방에 들어갔다가 내가 자는 방으로 들어오셨어요."

"효자 맞네. 그런데 왜 너를 때리기 시작했어?"

"몰라요. 아버지가 철강소에서 일하다가 기계에 손이 빨려들어가서 왼쪽 손가락 세 개가 없거든요. 그 뒤로 매일 술만 마셨어요."

"이런!"

서민수가 안타까운 신음을 냈다. 아이는 감정 변화 없이 차분하게 말을 이어갔다.

"그때부터 매일 저를 때리기 시작했어요. 할아버지가 돌아가셨을 때도, 엄마가 돌아가셨을 때도, 아버지는 나를 훌륭한 사람으로 만들어준다고 약속했었는데…… 왜 아빠가 나를 때리기 시작했는지 알 수 없어요. 매일 '병신자식이니 좋냐!'라고 소리치며 때리는데 내가 조금만 힘이 있었더라면 아빠를 보기 좋게 때려줬을 거예요."

두 사람의 걸음이 느려졌다. 조금 전까지 무서워하던 아이의 모습은 찾아볼 수 없었다. 땅에 떨어진 무언가를 찾는 듯 시선이 아래로 향해 있었다.

서민수가 물었다.

"아버지에 대한 안타까움은 없니?"

"그런 거 없어요. 그냥 당장이라도 사라져버렸으면 좋겠어요."

서민수의 눈동자가 하염없이 깊어졌다. 앞을 바라보고 있으면서도 그의 눈에는 초점이 없었다. 머릿속이 하얘지는 기분이었다. 그가 겨우 입을 열었다.

"내 자식도, 나를 그렇게 생각할까 무섭다."

"네?"

"네 아버지와 내가 지금 비슷한 처지란다. 직장을 잃었지. 직장을 잃는다는 건 어찌 보면 나이가 들면서 당연한 것이다. 그런데 그 시기에 따라 사람은 달라질 수 있다고 생각해. 우리 아버지 나이에 직장을 그만두면 자식들이 다

자랐기에 두려움은 없을 것이다. 오히려 이제 좀 여생을 편안하게 살며, 취미도 가져볼 여유가 함께하는 축복받은 시간이겠지. 내 나이 때 직장을 그만둔다는 것은 앞이 보이지 않는 어두운 터널을 걸어가는 기분이다. 지금 네가 이 암흑과 같은 길이 언제 끝날지 두려워하는 감정과 비슷하지만 몇 배는 더 두려운 감정이다. 자식들이 제 밥벌이를 하지 못하니까 말이다. 그래도 다행스러운 것은 이미 성인인 녀석들이 몇 년만 더 내가 버티면 직장을 잡을 수 있다는 희망이다. 그 희망으로 두려움을 조금이나마 받아들일 수 있는 것 같다. 그런데 네 아버지의 입장은 절망뿐이다. 자립할 힘도 없고, 아직은 아버지의 보살핌이 있어야만 하는 너를 볼 때마다 밀려오는 극한의 감정은 아마도 술 없이는 버틸 수 없었을 것이다. 솔직히 나도 다 큰 자식들이 있는데도 직장을 잃었다는 좌절감에 미칠 지경인데 네 아버지는 오죽하겠니. 앞을 내다보는 일에 치가 떨리도록 겁이 났을 테고 그래서 술에 의지해 제정신을 포기해야만 했을 것이다. 조금씩 피폐해져가는 정신이 아마도 너에게 손찌검을 하는 모습을 만들었던 것 같구나."

아이는 아무 말도 하지 않았다. 서민수가 하는 말에 공감이 가지 않는 듯, 그저 묵묵히 땅을 바라보며 걷기만 했다. 그도 더는 말하지 않았다. 아이의 나이에 누군가를 책임져야 한다는 무게는 느낄 수 없을 테니까.

걸음이 다시 빨라질 찰나, 서민수가 피식하고 웃음을 보였다.

"내가 잘못 말했다. 아버지는 아직도 이 못난 자식으로 인해 걱정만 한가득일 것이다. 직장에 대한 무게를 덜어버린 대신, 늙어버리는 아들의 힘없는 모습에 다른 걱정들로 하루하루를 살고 계실 것이다. 네 아버지, 믿어 보아라. 반드시 이겨낼 테니. 아비들은 모두 같다. 다만 아비들의 능력에 따라 무게가 조금씩 다를 뿐이다. 걱정하는 아비들의 마음은 능력이 있든 없든 한결같다. 네 아버지도 그럴 게다. 잠시 일어서는 과정이 힘에 부칠 뿐이다. 반드시 일어난다. 아비라면."

아버지라는 짐을
내려놓을 순간

서수철은 해가 밝았는데도 일어나지 못하고 있었다. 할아버지는 어제 먹은 술로 두통을 호소하며 냉수를 들이켜고 있었다. 할머니가 개운한 북엇국을 아침으로 내오며 할아버지를 불렀다.

"깨워라. 아침은 들어야지."

"알겠소. 막걸리는 아침에 개운치 않아."

두통으로 인상을 찌푸리며 할아버지가 서수철의 몸을 가볍게 흔들었다. 할아버지가 구겨진 인상과는 달리 "일어나시오"라고 다정하게 말했다. 그는 이불을 똘똘 말고 깊은 잠에 빠져 있었다. 할아버지가 깨우는 소리가 낯설었는지 미동조차 하지 않고 드르렁거리며 코를 곯고 있었다. 할아버지가 이번에는 조금 큰 소리로 말했다.

"일어나시오. 해장은 해야 하지 않소."

조금 전보다 몸을 흔드는 강도도 세졌다. 서수철은 여전히 편안하게 잠을 청하고 있었다. 낯선 누군가의 목소리는 그저 꿈이라 생각하는 듯했다. 그는 자신의 집에서 편안한 잠자리를 청하고 있다고 느끼는 것이 분명했다. 할아버지가 이번에는 과감하게 이불을 훌쩍 걷어냈다. 조금 전과는 달리 큰소리를 냈다.

"일어나시오! 해가 중천이오!"

화가 아닌 장난 가득한 목소리였다. 어릴 적 잠꾸러기 친구를 깨우는 모습과 흡사했다. 그제야 서수철은 깜짝 놀라며 힘겹게 눈을 비비고 일어났다. 잠이 덜 깼는지 이리 저리 주위를 둘러보았다. 할아버지가 짓궂은 표정을 지어 보였다.

"잠이 꽤 깊게 들었나 보구려. 어서 일어나 해장하시오."

할아버지의 말에 서수철은 그저 멍하니 주위를 둘러볼 뿐이었다. 할머니가 나섰다.

"북엇국을 좀 끓였소. 어제 그리 많이 들었는데 속 좀 달래주시오."

서수철이 갑자기 벌떡 일어났다. 할아버지와 할머니가 깜짝 놀라며 그를 바라보았다. 그는 당황한 듯 이리저리 둘러보다가 할아버지와 할머니를 쳐다보았다. 무슨 일인지 영문을 모르는 그들의 표정은 모두가 같았다.

이윽고 서수철이 잔뜩 경계하는 눈빛으로 물었다.

"여기가 어디오? 내가 왜 여기에서 자고 있소?"

할아버지와 할머니가 황당한 눈빛으로 서수철을 올려다보았다. 할아버지가 동문서답의 말을 꺼냈다.

"기억 안 나오? 아직도 술이 덜 깼소?"

"술이라니? 내 어제 분명 라디오를 듣다가 잠이 들었거늘."

영문을 알 수 없는 할머니와 할아버지는 멍하니 귀신에 홀린 사람처럼 서수철을 바라볼 수밖에 없었다. 그가 자리에서 일어나 점퍼를 대충 주워 입은 후에 밖에 나가려고 했다. 재빠르게 그의 손을 잡은 할아버지가 무언가를 눈치챈 듯 급하게 물었다.

"이름이 뭐요?"

"......"

서수철은 충혈된 눈으로 빤히 할아버지를 바라보기만

할 뿐 입을 열지 않았다. 할아버지가 재촉하는 투로 다시
물었다.

"이름이 뭐요?"

"내 이름 말이오?"

"그렇소. 댁의 이름 말이오."

서수철의 눈이 천천히 아래위로 향했다. 할머니의 눈도,
할아버지의 눈도, 마주치기가 불안했는지 계속 눈동자를
굴리며 무엇인가를 기억하려고 애썼다. 할아버지는 마른침
을 꼴깍 넘기며 답답한 마음으로 다시 물었다.

"이름이 뭐냐 묻고 있지 않소."

다그치는 할아버지의 말에 겁을 먹었는지 서수철이 재
빠르게 말했다.

"내 민수 아비요."

*

서민수가 요란하게 울리는 휴대전화 벨소리에 잠에서
깼다. 허름한 모텔 방에서 아이는 벌써 일어나 TV를 보고
있었다. 발신자를 확인한 그가 재빨리 목소리를 가다듬었

다. 아이는 잠시 그를 휙 돌아보았지만 이내 TV 속으로 다시 빨려들어가고 있었다. 그는 "무슨 일이야?"라는 말과 함께 화장실로 들어갔다.

"여보. 아버님 댁 전화를 안 받네. 어제 그제 통 전화를 안 받아요."

"휴대전화로 해보지 그래. 아버지, 지금 여행 중이라고 하던데……."

"휴대전화도 꺼져 있으니까 그렇죠."

"아버지랑 며칠 전에 통화했어. 걱정하지 마."

"막내가 곧 있으면 휴가 나오는데 할아버지 전화 안 받는다고 걱정하더라고요."

"짜식. 그래도 군대 가니 대가리가 확실히 컸나 보네."

서민수가 실실 웃음을 흘렸다. 그의 아내도 아들의 전화에 기분이 좋았던지 자랑을 늘어놓기 시작했다.

"글쎄 녀석이 휴가 나오면 가족들이랑 할아버지 만나러 가자는 거예요. 그래서 내가 됐다고, 친구들이랑 놀라고 했더니 아니래요. 가족끼리 할아버지 텃밭 가서 채소도 따고 감도 따자는 거예요."

"하하. 정말? 그리고 또 뭐래?"

서민수의 귀가 오랜만에 아내의 목소리를 반겼다. 딱딱했던 서로의 말투도 다정함과 흥분으로 가득했다. 그는 변기에 앉아 팔꿈치를 무릎에 대고 편안한 자세로 통화를 이어갔다.

"아버지는 뭐하시냐고 하기에 출장 가서 바쁘다니까 보고 싶다고 전해달래요."

"정말? 녀석이 그렇게 말했어?"

"호호! 그렇다니깐. 무뚝뚝한 녀석이 언제 그렇게 철이 들었는지. 전화 자주 못 드려서 죄송하다면서 어떻게 해서든 하루에 한 번은 전화하도록 노력하겠다네요."

"짜식! 이제야 어른이 됐네."

한참을 자식 이야기에 열을 올렸다. 통화의 시작을 알렸던 서수철은 존재하지 않았다.

입에 침이 마르도록 아들 자랑을 떠들어대던 아내의 목소리가 조금씩 변하기 시작했다. 아들이 전화를 걸어 달라진 모습을 보였다는 말에 기뻐하던 그의 아내는 어느새 훌쩍거리며 걱정을 담은 목소리를 냈다. 그도 웃음이 만발하다 아내가 눈물을 흘리고 있다는 사실을 인지하고는 자신도 모르게 마음이 가라앉았다. 아내는, "건강해야 할 텐데……"라는 소리를 반복했다. 서민수가 힘주어 말했다.

"남자는 군대에 다녀오면 더 강해지게 돼 있어. 걱정하지 마. 더 건강해져서 올 거야."

"그래도 품에 없으니 허전하고 섭섭하고 그래요."

"섭섭하긴 뭐가 섭섭해? 이제 군대 다녀오면 밥벌이는 제대로 할 테니까 안심해도 되겠구먼."

아내의 눈물은 마르지 않았다. 그는 아내와는 달리, 감정을 표현하지 않았다. 자신이 아들을 걱정하는 투로 말하면 아내는 통곡할 것 같아서였다. 그는 감정을 철저하게 숨기고 딱딱하게 말했다.

"걱정하지 마. 요즘 군대가 군대야?"

군대다. 세월이 흘렀지만 군대는 군대다. 군대를 다녀온 서민수가 더 잘 알고 있다. 선임에게 맞고 고된 훈련을 해야 하고 눈물로 밤을 지새운다. 아무리 변했다고 해도 군대는 군대다. 아내보다 경험이 있는 그가 더 걱정하고 있는 것은 경험자의 숨길 수 없는 불안이었다. 그가 군대에 갔을 때 죽고 싶었던 적이 한두 번이 아니었다. 욕설과 기합으로 보낸 시간이 자그마치 삼개월이었다. 제대로 잠자지 못한 채 불려나가고 매번 선임들의 장난감으로 시간을 보내야 했다. 하지만 그의 입은 근심의 소리를 전혀 내지 않았다.

"예전같이 오들오들 떨면서 잘 필요도 없고 요즘은 구타도 없다고 하네. 당신 내 친구 정식이 놈 알지? 고놈 아들이 제대했잖아. 우리 자식보다 더 빡센 데 가서 훈련받았잖아. 완전 최전방이라 실탄 끼고 대기하는 곳인데 거기에서도 선임들이랑 친구같이 지내다 왔다고 하더군. 녀석은 후방이야. 한참 후방이라고. 전쟁 나도 죽을 걱정 없으니 편하게 있어."

"그래도 걱정이 왜 안 돼요. 뉴스 보면 하루가 멀다 하고 군대 가서 죽은 아이들 얘기뿐인데."

아내가 드디어 곡소리를 내려고 했다. 서민수가 더 강하게 말했다.

"당신은 배 아파서 낳은 자식도 못 믿는 거야? 얼마나 성격이 똑 부러지고 매사에 열심히 했었어? 그럴 일 없어. 선임들이 예뻐할 녀석이야. 내가 군대 갔다 왔는데 못 믿어? 나도 최전방이었어. 나도 안 맞고 생활했는데 요즘 시대에 태어난 성격 좋은 우리 아들은 어떨 거 같아? 마음 놓고 집 청소나 하고 있어. 나 바빠."

조금 전까지 신나게 통화하던 서민수가 이제 말도 안 되는 바쁘다는 핑계로 전화를 끊으려고 했다. 지금 그에게 아내의 곡소리까지 들려온다는 건 참을 수 없는 힘겨움이었다. 아내가 훌쩍거리며 말했다.

"알았어요. 별일 없겠죠?"

"별일 있을 게 뭐가 있어? 끊어. 회의 들어가."

서민수가 일방적으로 전화를 끊었다. 한숨이 절로 나왔다. 아들이 군대 생활에 처음부터 적응하기란 불가능해 보였다. 제아무리 강한 자식도 아비 앞에서는 그저 아이일 뿐이다. 주름진 자식도, 어떤 무서운 죄를 지은 자식도 아비 앞에서는 그저 어린아이일 뿐이다. 힘없는 노인네가 젊은 누군가를 때릴 수는 없지만 자식을 때리는 이유는 아마도 자식만은 아직도 아이로 보이기 때문이 아닐까? 절대 아비보다 자식이 강하다는 사실을 인정할 수 없기 때문일 것이다. 그래서일까? 자식에게 약한 모습을 보인다는 상상만으로도 두려워서 몸서리치게 되는 이유는.

서민수의 마음은 무거워졌다. 지금 자신에게 처한 상황도 힘겨운데 아들이 눈치를 보며 몰래 전화를 걸었다는 생각을 하니 마음이 미어질 것 같았다. 군대에서 전화를 몰래 건다는 건 분명히 서러운 일을 당했을 때이기 때문이다.

서민수는 아들의 서러움을 생각하니 체하기라도 한 듯 가슴속이 꽉 막혀왔다. 그리고 부담감이 막혀오는 속을 짓눌렀다. 아들이 제대할 때까지 어떻게 해서든 당당한 아버지로 군림할 수 있는 방법을 만들어놔야 했다. 그가 머리를 감싸 쥐었다. 방법이 떠오르지 않았다. 묘안이 없는 그의 모습이 초라해 보였다. 절로 한탄이 나왔다. "어떻게 하지"라는 먹먹한 소리가 자신도 모르게 터져 나왔다. 그는 힘없이 다리를 억지로 일으켜 화장실에서 나왔다. 아이는 TV가 지겨워졌는지 침대에 걸터앉는 그에게 다가와 말을 걸었다.

"오늘은 어디 갈 거예요?"

"글쎄. 오늘은 어디에 갈까?"

서민수가 요연한 형색으로 아이를 건너보았다.

"저에게 물어보면 어떻게 해요. 아저씨가 데려왔잖아요."

"글쎄. 오늘은 그냥 근처에서 밥이나 먹자. 아저씨가 오늘은 술 한잔해야겠다."

"어디 안 가고요?"

"오늘은 그럴 수 없을 것 같다. 소주 한잔에 눈물이 필요하다."

*

   서수철이 할아버지와 함께 시골 작은 병원에서 힘없이 빠져나왔다. 그의 낯빛은 어둡다 못해 죽은 사람과 같이 하얗게 질려 있었다. 읍내는 조용했다. 농번기라 지나는 사람은 거의 보이지 않았다. 낡은 가게들은 군데군데 영업을 하고 있었지만 사람을 찾기란 어려웠다. 할아버지가 그의 팔을 붙들고 국밥 집으로 향했다. 백치와 같은 모습으로 그는 할아버지에게 이끌려갔다. 할아버지가 가게에 들어서자마자 "국밥 두 그릇 말아주소!" 하고 소리쳤다. 여전히 그는 아무 말 없이 두 손으로 불안을 매만지고 있었다.

   "뭘 그리 걱정하오? 나도 가끔 그러오. 그렇게 산 지 나는 벌써 오개월이 지났소. 걱정 마오. 약만 잘 챙겨 먹으면 진행되지 않을 거요."

   할아버지의 말에 서수철이 앓는 소리를 해댔다.

   "의사 말 못 들었소? 다른 사람보다 빠른 것 같다지 않소."

   할아버지가 서수철의 손을 덥석 잡았다.

   "내 아버지가 치매였소. 의사보다 내가 더 잘 아오. 내 아버지는 댁보다 더 진행이 빨랐소. 걱정 마오. 우리 아버지도 일년 동안은 가끔 까먹는 거 이외에는 정상적으로 생활했으니."

"정말이오?"

할아버지의 달래는 말에 그제야 서수철의 눈동자가 위로 향했다. 할아버지는 확실하다는 눈빛으로 단호하게 말했다.

"그렇소. 그러니 걱정 마오. 뭘 그리 걱정하시오? 의사 놈은 여기에 군대 대신에 온 의병이요. 저런 놈 말을 믿으오? 이제 갓 학교 졸업해서, 여기에 끌려온 놈의 말을 믿으오? 어린 것들이 보는 눈이 그렇지. 댁 때문에 밥도 못 먹었소이다. 어여 한 그릇 들고 오늘은 나랑 같이 동네 마실이나 다닙시다."

때마침 주인이 국밥을 내왔다. 할아버지가 흥을 돋우려 주인에게 농을 던졌다.

"자네 과부 된 지 얼마나 됐지?"

"갑자기 지랄하고 자빠졌네. 왜 그려?"

주인이 버럭 화를 냈다. 할아버지가 능글맞게 물었다.

"어떠? 이 양반, 선생이었어. 과부한테는 과분하지 않나?"

"아이고! 주책 떨고 자빠졌네. 내 니놈 작은아들한테 이를 터!"

"뭘 그리 성을 내고 그런댜. 이보게, 이 양반 광주에서 왔어. 내 동무여."

할아버지가 서수철을 소개하자 주인의 화가 조금 누그러졌다.

"처음 보는 양반이네. 내 국밥은 잘한다오. 한 그릇 잡수시구려. 어찌 저런 양반하고 친구랴? 아이고! 남사스러."

할머니가 혀를 끌끌 차며 부엌으로 들어갔다. 주인의 말에 서수철의 입꼬리가 조금 올라갔다. 할아버지는 기회를 놓치지 않았다.

"저 할망구 입이 워낙 거칠어. 국밥에는 욕이 최고지. 우리 동네 노인들은 다 저 할망구한데 욕 들어먹으며 산다오. 욕먹으면 오래 살지 않소. 댁도 오늘 시원하게 욕 좀 먹고 가구려."

할아버지가 먼저 숟가락을 들었다. 후루루 국밥을 넘기며 "어이구!" 시원한 소리를 냈다. 서수철도 숟가락을 들어 한술 가득 입 안으로 가져갔다.

"맛있구먼."

서수철의 말에 할아버지가 깍두기를 올려주었다.

"같이 드시오. 깍두기가 시큼한 게 궁합이 잘 맞는다오. 원래 이 집 양반이 국밥처럼 구수했지. 저 할망구가 깍두기처럼 엄청 시큼하니 사나웠다오."

"허허! 그러오? 성깔이 좀 있어 보이긴 하는구려."

"성깔뿐이겠소? 동네 남정네들하고는 한번씩 다 싸워봤을 거요. 그것뿐이오? 고스톱을 얼마나 잘 치는지 동네 여편네들 쌈짓돈은 다 저 할망구 손에 들어간다오."

"동네 장군이구려. 허허."

둘의 대화를 들었는지 주인이 낡은 부엌에서 소리쳤다.

"내 귀머거리 아니오! 주둥아리를 콱! 찢어불랑게 그만 하시오!"

할아버지와 서수철은 방긋 웃으며 조용히 국밥을 넘기기 시작했다.

어느새 그릇은 다 비어 있었다. 두 노인은 각자의 컵에 물을 한가득 따랐다. 약속이라도 한 듯 그들의 주머니에서는 약이 나왔다. 약을 한번에 털어넣은 그들은 물을 꿀꺽꿀꺽 넘겼다. 둘의 행동은 마치 거울을 보는 듯했다.

약을 넘긴 그들이 찾은 건 담배였다. 주인은 자연스럽게 재떨이를 가져다주었다. 할아버지와 서수철은 동시에 연기를 뿜어냈다. 할아버지가 재를 털며 말했다.

"산소에 가 보겠소?"

"누구 산소 말이오?"

"우리 아버지 산소요. 여기서 그리 멀지 않으요. 갑자기 생각나는구려."

서수철이 생각할 겨를도 없이 고개를 끄덕였다.

"가 봅시다. 이제 추석인데 벌초도 해야 할 게 아니오."

"그럼 오늘 벌초를 함께 해주면 나도 댁 아버지 산소 벌초해 드리오리다."

"내 아버지 산소 벌초해도 누구 하나 안 오오. 내가 명절이면 서울로 올라가오."

서수철이 부끄러운지 고개를 숙였다. 할아버지는 따지듯이 물었다.

"왜 안 오오? 늙어서까지 자식 보러 올라가오? 내 서울 한번 갔다가 죽는 줄 알았소. 멀기도 멀지만 뭔 놈의 건물들이 그리 높은지. 어지러워 죽을 뻔했소이다."

"살다 보니 그렇게 됐소이다. 혼자 사는 늙은이 때문에 아들놈에 며느리에 손주들에……. 고생할 필요 없지 않소."

"그래도 찾아와야지. 그게 당연한 거 아니오?"

서수철이 마지막 담배연기를 깊게 들이마셨다. 할아버지는 그의 대답을 기다리고 있었다. 담배연기를 음미한 그가입을 열었다.

"당연한 건 당연한 게 아니고, 당연하지 않은 건 당연한게 되나 보오. 자식 놈들이 늙은이 보러 내려와야 하는 게당연한데 그건 당연하지 않고, 늙었다고 병에 걸리는 건 당연하지 않은데 당연한 게 되지 않았소."

할아버지가 신경질을 가득 담아 재떨이에 담배를 비벼껐다.

"자식 놈들 멋대로 생각하는 게 당연한 게 돼버리는구려.내 화가 나 참을 수가 없소이다. 그래도 벌초는 하오. 내 도와줄 터이니."

"고맙소. 오랜만에 아버지 산소에 가게 되는구려."

*

서민수와 아이가 한 읍내에 들렀다. 허름한 가게는 딱 봐도 수십년 동안 이 자리를 지키고 있었다는 걸 느낄 수 있었다. 오래된 간판은 폐업을 한 가게인지 의심이 갈 정도로 낡아 있었다. 가게 문이 열려 있고 손님이 다녀갔다는 것을 증명하는 두 빈 그릇이 탁자에 놓이지 않았다면 그냥 지나치려 했을 정도로 한산했다.

서민수와 아이가 낯설고 오래된 음식점에 자리를 잡았다. 손님이 왔는데도 주인은 내다보지 않았다. 그가 "여기요!"라고 소리치자 그제야 안쪽 단칸방과 같이 생긴 곳에서 주인이 낡은 문을 열어보았다.

"누구요?"

난생처음 보는 사람이 앉아 있는 모습이 신기했는지 두 눈이 동그랗게 변해 서민수와 아이를 쳐다보았다. 서민수가 불쾌하다는 투로 말했다.

"손님입니다. 순댓국 두 그릇하고 소주 한 병 주세요."

주인은 힘겹게 자리에서 일어나 밖으로 나왔다.

"오늘 처음 보는 사람들이 많이 오네. 생전 이런 일이 없는디. 대낮부터 술이오?"

처음 보는 사람에게, 그것도 손님에게 하는 말투치고는 상당히 언짢을 수 있는 말을 서슴없이 내뱉는 주인이었다. 백발에 뚱뚱해서 뒤뚱뒤뚱 걷는 모습이 아니었다면 단번에 서민수는 자리를 박차고 싸웠을 것이다. 그는 대답하지 않았다. 주인은 냉장고에서 보리차가 든 물통을 꺼내 자리에 툭 내려놓더니 부엌으로 향했다. 반대편에 놓인 국밥 그릇은 치울 생각도 하지 않는 듯했다.

"시골이라 그런지 한산하구나. 배고프지?"

서민수는 좋지 않은 기분을 아이와의 대화로 해소하려 했다.

"조금 고파요. 여기 완전 시골인가 봐요. 내가 살던 곳보다 더 시골이에요."

"서천보다는 시골이지."

주인이 소주와 반찬을 가져오면서 둘의 대화가 중단되었다. 누런 깍두기와 짭짤하게 보이는 새우젓이 반찬의 전부였다. "밥은 좀 기다리시오"라는 퉁명스러운 말과 함께 주인은 다시 부엌으로 뒤뚱뒤뚱 걸어 들어갔다.

아이는 컵에 물을 따랐고 서민수는 소주잔을 채웠다. 단번에 소주를 들이켠 그가 깍두기에 젓가락을 가져갔다. 그는 깍두기를 오물오물 씹더니 "음!" 하며 만족스러운 표정을 지었다.

"먹어봐라. 보기보다 시큼하니 괜찮구나."

"나는 물이잖아요. 안주는 필요 없어요."

"하하! 그런가?"

서민수가 서둘러 소주잔을 채웠다. 아이는 물을 홀짝홀짝 마시며 그가 술을 먹는 모습을 가만히 지켜보았다. 그가 소주 반 잔을 꺾어 마신 다음 다시 깍두기에 손을 가져갔다. 아이가 입을 열었다.

"아저씨. 아까 모텔에서 전화 온 거 누구였어요?"

"왜? 궁금해?"

별일 아니라는 듯 말을 던진 서민수가 맛있게 깍두기를 먹었다. 아이는 아리송한 표정으로 말했다.

"아저씨 통화하는 걸 들었는데, 엄청 기쁜 것 같더라고요. 그런데 밖으로 나오자마자 시무룩해져선 술 마시러 가자고 했잖아요. 이상해요."

서민수가 남은 소주를 입에 털어넣었다. 아이의 말에 그의 입은 계속해서 음주를 원했다. 빈속에 두 잔을 마셨더니 벌써 얼굴에 열이 올라오기 시작했다.

"자식이란 존재가 그렇더구나. 나를 웃기기도, 울리기도 하더구나."

"군대 간 아들 말하는 거죠? 전화 자주 와요?"

"아니. 원래 군대 가면 전화 잘 못해. 짬밥이라는 게 좀 쌓여야 전화도 마음대로 할 수 있는 거야. 쉽게 말해서 시간이 지나고 나이를 좀 먹어야 한다는 거지. 그리고 원래 집에 전화도 잘 안 하는 녀석이다. 군대에 가기 전에도 그랬어. 어디에 있는지 뭘 하는지 전혀 알려주지 않았지. 도깨비 같은 놈이다."

"서운해요?"

아이가 묻자 서민수는 쉽게 말하지 못했다. 서운하다, 라는 말을 하려 했지만 왠지 모르게 쑥스러웠다. 그저 "짜식!" 하며 아이에게 술병을 건넸다.

"한 잔 따라 봐."

아이는 공손히 두 손을 모아 서민수의 잔을 채웠다. 아이가 되물었다.

"아들이 전화 잘 안 하면 서운해요?"

술이 한 잔 더 들어가자 입은 용감해졌다. 서민수가 거침없이 말했다.

"서운하지는 않지. 괘씸하지. 머리 좀 컸다고 지 멋대로 하는데 괘씸하지 않겠어?"

"먼저 전화하면 되잖아요."

"자식 놈 크니까 눈치 보이더라. 전화하는 것도. 괘씸한 놈."

아이의 말에 서민수는 부아가 치밀었다. 집에는 전화를 했다. 그럼 분명 자신에게도 전화를 할 수 있는 시간적 여유는 충분했을 것이다. 그런데 그의 전화는 울리지 않았다.

서민수가 부아를 잠재우려고 소주를 한입에 털어넣었다. 아이는 알 수 없다는 듯 물을 입으로 가져가며 소주 마시는 시늉을 했다. 그가 그 장면을 흐뭇하게 바라보았다. 하지만 아이의 말에 서민수의 표정은 딱딱하게 굳었다.

"그런데 왜 아저씨는 아저씨 아빠에게 전화하지 않아요?"

*

앵~ 앵~.

요란한 기계소리가 사방으로 울려 퍼졌다. 산속 깊은 곳에 위치한 작은 묘는 시원하게 이발 중이었다. 할아버지는 기계를 움직이고 서수철은 깎인 잔디를 긴 채와 같이 생긴 물건으로 걷어내기 바빴다. 둘의 얼굴은 땀으로 범벅이 되었다. 두 사람은 목에 걸린 수건으로 얼굴을 훔치는 횟수가 많아졌다. 할아버지가 갑자기 기계를 멈췄다.

"좀 쉬다 합시다."

열심히 깎인 잔디를 쓸어 모으던 서수철이 그제야 한편에 놓인 시원한 생수 옆으로 다가갔다. 얼린 물통은 절반쯤 녹아내려 있었다. 먼저 벌컥벌컥 목을 축인 그가 할아버지에게 물을 건넸다. 시원하게 물을 넘긴 할아버지와 그는 약속이라도 한 듯 동시에 바닥에 털썩 주저앉았다.

"늙어버리니 아버지 이발해 드리기도 힘들구려."

할아버지가 흘러내리는 땀을 닦으며 말했다. 서수철은 아직도 갈증이 남았는지 남아 있던 물을 모조리 들이켰다.

"그러게 말이오. 이제 몸이 갈 데로 갔소이다."

병든 육체를 나무라며 이곳저곳 쑤시는 곳을 서로 매만지고 있는데 할아버지의 휴대전화가 투박한 벨소리를 냈다. 조심스럽게 폴더를 연 할아버지가 인상을 찌푸리며 발신자를 확인했다. 눈이 침침한지 한참 후에야 발신자가 누구인지 알 수 있었다.

"어. 웬일이냐?"

"아버지, 벌초하러 가셨다면서요. 저랑 같이 가시지 그러셨어요."

"일이나 해라."

"지금 갈게요. 아버지 혼자 가셨다가 큰일 나시면 어쩌려고요."

"동무랑 같이 왔다. 택시나 몰아라."

"아니에요. 지금 가겠습니다."

할아버지의 아들이 일방적으로 전화를 끊었다. 서수철이 "누구요?"라고 물었다. 할아버지가 바닥에 벌렁 누우며 대답했다.

"둘째 아들놈이요. 이리 온다니 우리는 좀 쉽시다. 내 허리가 욱신거리는구려."

할아버지의 말에 서수철 역시 바닥에 편안하게 누웠다. 이제 가을 냄새가 물씬 풍겼다. 잠자리가 높아진 하늘을 향해 날아다니고 있었다. 졸음이 밀려오는지 잠시 하늘을 바라보던 둘은 가만히 누워 눈을 감았다. 눈을 감은 채로 서수철이 말했다.

"부럽소. 자식 놈이 벌초도 같이 해주고."

할아버지 역시 눈을 감고 입을 열었다.

"부럽긴 뭐가 부럽소이까. 내 자식 놈, 두 놈, 다 대학 보내기가 힘들어 둘째는 고등학교까지만 보냈소. 덕분에 매일 밤늦게까지 처자식 먹여 살린다고 운전을 하오. 그 모습을 보면 미안해서 가시방석에 앉아 있는 기분이 드오."

서로 아무 말이 없었다. 말을 꺼낼수록 왠지 모를 감정들에 울적해질 것만 같았다. 서수철은 고요함이 답답해 입을 열려다가 아무 소리도 내지 못하고 침묵했다. 이야기를 꺼내면 착잡한 마음이 할아버지에게도 전달될 것 같았기 때문이다.

서수철은 문득 이런 생각이 들었다. 살아오면서 자식으로 인해 기뻤던 적은 얼마나 될까? 아들이 태어났을 때, 아들이 한창 재롱을 피울 나이에, 아들이 원하는 대학에 합격했을 때, 그는 행복한 순간을 맛보았다. 그럼 자식으로 인해 힘들었던 적은 언제였을까? 아들이 태어났을 때, 무거운 짐이 어깨에 턱 내려앉았다. 재롱을 피울 나이, 조금씩 성장하는 모습에 어깨의 짐은 더했다. 사춘기 시절, 방황하는 자식을 바른 길로 인도해야 하는 의무로 어깨는 더욱 무거워졌다. 아들이 대학에 들어갔을 때, 쌀 수십 가마니값의 등록금을 내야 한다는 중압감이 어깨를 짓눌렀다. 가을바람이 살랑거리며 나른함을 선물했다. 할아버지의 입이 열렸다.

"내 항상 힘들었소. 행복했던 순간까지도 뭔지 모를 짐은 항상 나를 짓눌렀소."

서수철이 살며시 눈을 떴다. 할아버지와 자신이 동시에 느끼고 있던 감정에 동병상련의 동지애가 피어올랐다. 굳이 말하지 않아도 서로가 충분히 알 수 있고 공감하는 각자의 인생이라는 것에 아버지라는 단어가 더욱 와닿고 있었다.

서수철이 가을바람처럼 산들거리는 목소리로 말했다.

"아버지라 그러오. 우린 아버지가 아니오. 우리가 짐을 내려놓을 순간은 말이오. 아마도 죽어서가 될 게요."

서수철의 이야기에 공감할 줄 알았던 할아버지가 강하게 부정했다.

"아니요."

의아한 듯 서수철이 할아버지 쪽으로 고개를 돌렸다. 할아버지는 눈을 감고 말을 이었다.

"죽어서 만약 영혼이 있다면 녀석들이 내 곁으로 올 때까지는 계속 내려다보고 있을 게요. 아무 근심 걱정 없는 세상에서 함께 살지 않는 한, 어깨의 무게는 계속될 것 같소이다."

*

서민수는 해가 떨어지지도 않았는데 얼큰하게 취해 있었다. 소주는 세 병이 비어 있었고 네 병째 들어온 술은 벌써 반병이 사라지고 없었다. 그는 초점 없는 눈으로 계속해서 아이에게 훈계 비슷한 지루한 이야기를 연설하고 있었다. 아이는 그의 시선을 피해 하품을 하고 있었다. 서민수는 자신의 어린 시절과 자식들을 비교해가며 대상도 없는데 따끔하게 훈계했다.

"내가 어릴 때는 이러지 않았었잖아! 젠장! 요즘 자식새끼들은 정신머리가 썩어 빠졌어!"

이 말을 벌써 수십 번도 넘게 하고 있었다. 그러면서 "아이야, 그렇지 않아?"라는 물음 역시 빼먹지 않고 계속했다. 아이가 무슨 생각이 들어서인지 늘어지게 한숨을 쉬었다.

"안되겠다. 우리 아버지한테 전화 한 통 넣어야지. 아이야! 잘 봐! 내가 우리 아버지한테 전화하는 거 잘 보고 있어!"

혀가 꼬일 대로 꼬인 서민수가 단호하게 말하고 휴대전화에서 단축번호 4번을 길게 눌렀다. 신호음은 가지 않았다. 친절한 안내 멘트만이 그에게 돌아왔다. 그는 "에이

시!"라고 불만을 터트리며 몇 번이고 쉬지 않고 단축번호를 눌렀다. 아이가 짜증 섞인 투로 말했다.

"아저씨! 음성 녹음하면 되잖아요!"

아이의 말에 서민수가 "아! 맞다!"라고 말하며 실실 웃음을 흘렸다. 그는 단축번호를 길게 누른 다음 안내 멘트를 듣지도 않고 1번을 눌렀다. 삐~ 소리와 함께 녹음을 하라는 명령이 전해지자 그는 급하게 말했다.

"아버지! 저 민수입니다. 뭐하시느라 전화도 안 받아요? 재밌어요? 여행길은 어때요? 밥은 잡수셨어요? 자식 걱정하게 마시고 빨리 전화기 켜놓으세요. 뭐가 그리 즐겁다고 그렇게 돌아다니십니까? 자식이 걱정하잖아요. 아버지 보고 싶어요. 그러니까 빨리 전화 받으세요. 자식이 전화했는데 안 받으면 어떻게 해요! 보고 싶어 죽겠어요. 아버지한테 가고 싶어도 전화를 안 받아서 갈 수가 없잖아요. 목소리 듣고 싶어 죽겠다고요."

서민수의 모습은 아주 어린아이가 투정을 부리는 듯했다. 아이가 재미있다는 듯 그 광경을 지켜보았다. 주인도 큰 소리에 방문을 열고 그를 바라보았다. 쉴 새 없이 보고 싶다 말하던 그의 입은 어느새 자신의 힘겨움을 말하기 시작했다. 재미있게 바라보던 아이의 시선은 언제 그랬냐는 듯 우울함을 비춰내고 있었다.

"아버지는 이제 즐겁게 사시겠지만 저는 힘들어 죽겠습니다. 말할 수 있는 사람이 아버지밖에 없어서 이렇게 이야기합니다. 아버지, 정말 사는 게 힘듭니다. 누구 하나 저를 챙겨주지 않습니다. 어깨는 축 늘어져만 가는데 더 무거운 짐들이 저에게 동의도 없이 오르고 있습니다. 이제 제 시대는 끝났는데, 저 멀리 물러나 있어야 하는데, 가족들은 아직도 저를 의지하고 살아갑니다. 아버지, 힘들어서 모든 것을 내려놓고 싶습니다. 가족들에게 화가 나 죽겠는데 미안함이 더 크게 다가와 화도 내지 못합니다. 털어버리고 도망치고 싶은데 이놈의 사랑이 뭔지 끝까지 발목을 잡고 늘어집니다. 가족들에게 털어놓고 싶은데 이놈의 입은 쉽게 열리지 않습니다. 짐을 나눠 들고 싶은데! 차라리 혼자 짊어지고 가족들을 편안하게 하라! 아비라는 못된 이름이 가슴속에서 부르짖고 있습니다. 아버지⋯⋯."

서민수가 아내와 자식의 원망을 이어가려는 순간, 주인이 소리도 없이 몽둥이를 가져와 그를 내리쳤다. "악!" 소리와 함께 그는 바닥에 나뒹굴었다. 칠십은 훌쩍 넘어 보이는 주인은 어디에서 그런 힘이 났는지 쓰러진 그를 뒤뚱뒤뚱 쫓아와 있는 힘껏 때리기 시작했다. 반항 한번 하지 못한 그는 잔뜩 움츠린 채로 소리쳤다.

"왜 때려요! 왜 이러는 거예요!"

술기운이 확 달아날 정도로 사나운 매질이었다. 주인은 지치지도 않는지 버럭 소리치며 손을 쉬지 않았다.

"천하의 후레자식 같은 놈을 봤나! 그게 니 애비한테 할 소리여! 껍데기는 잘 키워놓았구먼. 왜 니 애비한테 지랄이냐! 니 애비가 니 아내랑 결혼해서 손주들 났냐? 어디서 개 짖는 소리를 지껄이는 거여! 니가 결혼한 거 아니여! 니놈이 꾸려나가는 가정 아니여! 어디서 후레자식 같은 새끼가 이 동네에 굴러들어왔어!"

서민수는 대답을 하지 못하고 몸을 피하기만 했다. 주인은 기운이 빠졌는지 몇 번의 헛손질 끝에 몽둥이를 던져버렸다. 아이는 잔뜩 겁을 먹어서 얼음이 되어 있었다. 그는 일어나지 못하고 끙끙거렸다. 주인이 의자에 앉으며 말을 이었다.

"니 애비가 너한티 술 처먹고 지랄허디? 니 애미가 술 처먹고 너에게 힘들다고 지랄허디? 니 애비가 자식새끼 나이

처먹을 때까지 키워놨으면 됐지 어디서 애비한테 우는 소리를 혀! 니 애비가 참 좋아하것다. '아이고! 내 자식 힘들었구나!' 하면서 껄껄껄 웃고 있것다. 미친놈아! 니 애비는 니가 말한 거 들으면 가슴이 찢어져 내려. 개놈의 새끼야! 짐승들도 크면 어미 없이 사냥하고 아비한테서 떠나서 지 스스로 살아가! 빌어먹을 새끼네. 당장 꺼져!"

서민수가 비틀거리며 겨우 일어났다. 아이가 벌떡 일어나 그의 몸 상태를 확인했다. 다행스럽게도 다친 곳은 없어 보였다. 주인은 짐승 보듯 그를 쏘아보았다.

"이놈아! 짐승들 중에 출가를 가장 늦게 하는 게 바로 사람이여. 그런데도 죽을 때까지 애비를 찾냐? 애비가 죽어서는 어떻게 살래? 애비가 죽었어도 다 제 밥벌이하고 살아가는 인간들이 천지여. 검은 머리털 난 짐승들은 지들 알아서 다 살 수 있는데도 애비 등골을 다 뽑아 먹어야 직성이 풀리는 빌어먹을 동물이여! 뭐가 그리 부족혀! 니 부모가 밥을 안 줬냐? 옷을 안 줬냐! 쌀을 안 줬냐. 그렇다고 핵교에 보내지 않았냐! 다 늙어빠진 니 애비가 손주까지 키우리? 니 색시랑 너를 언제까지 먹여 살리리! 니 애비는 그렇게 살았냐? 니가 뭔디 애비 죽을 때까지 등골을 빼먹으려 혀! 니 자식새끼 등골이나 빼먹어! 그렇게는 못하것지? 니 애비가 돈을 달라고 허디? 밥을 달라고 허디? 아니잖여. 자식새끼한테는 죽어도 말 못하것지? 지금 니 애비가 그럴 것이여! 관절이 아파 눈깔이 돌아가면서도 자식새끼한테 말 못하고 아파할 것이여! 그게 애비다 이놈아…… 너도 애비인디 왜 그걸 모르고 사냐. 천치 같은 놈아!"

서민수는 고개를 들지 못했다. 양복 안주머니에서 낡은 지갑을 찾았다. 그가 할 수 있는 말은 "얼마예요?"라는 풀 죽은 소리밖에 없었다. 이미 술기운은 주인의 기합에 저만치 달아나고 없었다. 주인은 뒤도 돌아보지 않고 방으로 들어갔다.

"됐어! 안 받아! 니 술 처먹을 돈은 있으면서 니 애비 파스 하나 사다줄 돈은 없냐? 니 자식새끼가 나중에 니놈 한 대로 똑같이 할 것이다. 그때 가서 얼마나 서운하고 서러운지 한번 겪어봐라. 내가 고사 지낼 거여! 니 자식새끼도 니놈과 똑같이 하라고. 꺼져버려! 술 처먹을 돈 있으면 니 애비 파스나 한 장 사서 붙여줘!"

할머니가 방문을 쾅 닫았다. 서민수는 다리에 힘이 풀렸는지 의자에 쓰러지듯 앉았다.

그랬다. 술 먹을 돈은 있으면서 정작 아버지께는 파스 한 장 사다 드리지 않았다. 어머니 병원비는 보태주지 않았으면서 자식들 학원은 열성을 다해 보냈다. 자식들 대학등록금은 어떻게 해서든 마련했으면서 비가 새는 아버지 집 보수공사 할 돈은 없었다. 친구들과 떠들며 술 한잔 기울일 돈은 있으면서 아버지에게 친구들과 약주하라고 돈을 보내본 기억은 가물가물했다. 그의 자식들도 그랬다. 알바를 해서 번 돈으로 친구들과 으리으리한 펜션에 놀러가면서 정작 자신과 아내를 데리고 놀러간 적은 없었다. 언제나 자식들과 놀러갈 때면 그와 아내의 지갑이 열려야 했다. 나이를 먹을수록 자식들은 함께 여행을 떠나기보다 그의 지갑에서 돈만 취하기 시작했다. 크리스마스 때, 아이들을 위한 선물을 준비했던 부부였다. 이제는 크리스마스 선물을 준비하지 않는다. 자식들에게 선물을 받아본 적도 없다. 자식들은 연애하는 이성에게는 고가의 선물을 주면서 그와 아내에게는 선물을 건넨 적이 없었다.

서민수가 유일하게 선물을 받는 순간은 생일 때였다. 자신의 생일에 딱 한 번 자식들이 아침에 미역국을 끓이고 선물을 그에게 전했다. 당연한 일이었다. 자신들을 낳아준 부모의 탄생을 축하하는 일은. 그런데 그는 자식들이 자신의 생일을 잊지 않고 있음을 감사해야 했다.

자식들의 생일날. 열 달 동안 고생한 아내와 그에게 자식들은 고맙다고 하지 않았다. 밖에서 친구들과 술판을 벌이고 다음 날 쓰린 속을 부여잡고 아내에게 해장국을 요구하는 녀석들이었다. 그와 아내에게 고맙다는 말조차 전한 적이 없었다. 마치 자식들은 부모 없이 태어나 스스로 살아온 낯선 사람들과 같이 행동했다.

서민수가 아이의 손을 잡고 일어났다. 아이는 아무 말 없이 그를 따랐다. 가게 밖으로 나오니 세상의 모든 것이 슬퍼 보였다.

"나도 내 자식들과 같이 살았구나. 아니, 내 자식들보다 더 큰 서운함과 서글픔을 아버지께 드리고 살았구나."

*

서수철이 할아버지와 할머니 집 마당으로 들어왔다. 할머니는 미숫가루를 그들에게 건넸다. 뒤따라 잔디 깎는 기계를 들고 할아버지 아들이 들어왔다. 할머니는 "너도 갔다

왔냐? 그냥 니 애비가 하게 놔두지"라며 안타까운 마음으로 등을 가볍게 내리쳤다. 할아버지 아들은 기계를 창고에 가져다놓고는 말했다.

"괜찮아요. 고모 저 이만 가볼게요. 아버지 저 오늘 야간까지 운전 좀 하다가 들어오겠습니다."

할아버지 아들이 인사를 하고 나가려는데 할아버지의 말이 아들의 발목을 붙잡았다.

"피곤할 텐데. 오늘은 그냥 집에서 푹 잠이나 자거라. 졸음 운전하면 안 된다."

"걱정 마세요. 별로 한 것도 없는데요. 가볼게요."

할아버지 아들은 깍듯이 인사를 하고 뒤돌아 나갔다. 할아버지가 자식의 뒷모습을 안타깝게 바라보았다.

"그냥 집에서 좀 쉬지. 녀석하고는."

핀잔의 말이었지만, 걱정이 가득한 어투였다. 서수철은 부러운 시선으로 두 부자를 바라보았다. 할머니가 서수철의 팔을 조심스럽게 건드렸다. 그가 그제야 부러운 시선을 거두고 할머니를 바라보았다. 할머니는 그에게 휴대전화를 건넸다.

"우리 동네에 댁과 같은 전화기를 쓰는 사람이 있더구려.

내 빠때리 채워 왔소. 켜 보시오."

"고맙소."

휴대폰을 건네받은 서수철이 전원을 켰다. 화면이 밝아지더니 잠시 후 윙윙거리는 소리와 함께 소리샘에 누군가가 녹음을 했다는 표시가 나타났다. 예전에 이 표시 때문에 애먹은 적이 있어서 그는 누군가가 꺼져 있는 동안 내용을 저장했다는 것을 쉽게 알 수 있었다. 음성 녹음 표시로 인해 시내에 나가 전화기가 고장 난 거 아니냐며 화를 낸 적이 있었기 때문이다. 그는 휴대전화 가게 직원에게 한 시간이 넘도록 설명을 들은 다음에야 사용 방법을 익힐 수 있었다. 그는 메뉴로 들어가 음성 녹음을 한 사람의 번호를 찾아보았다. 그의 눈동자가 커졌다. 아들이었다. 그가 급하게 음성 확인 통화 버튼을 눌렀다. 잠시 안내 멘트가 흘러나왔다. 멘트가 왜 그리도 긴지 그는 초조한 마음으로 비밀번호를 누르라는 안내가 나오기를 기다렸다. 이내 반가운 음성이 비밀번호를 누르라는 명령을 내리자 그는 재빨리 버튼을 눌렀다. 안내 멘트는 한 개의 음성 메시지가 있으니 청취를 원하면 1번을 누르라고 친절하게 말했다. 그가 번개같이 1번 버튼을 눌렀다. 메시지는 보고 싶다는 아들의 혀 꼬

인 목소리로 시작되었다. 무슨 일로 술을 먹었는지 걱정이
되면서도 은근히 기분이 좋았다. 부끄러움에 얼굴이 확 달
아올랐지만 눈은 행복을 담고 있었다. 그가 껄껄 웃었다. 할
아버지가 자식이 돌아간 자리에서 눈을 돌려 그에게 다가
갔다.

"뭔 일이오?"

"내 자식 놈이요. 대낮부터 얼큰하게 취했구먼. 보고 싶
다고 하네그려. 처음으로 내게 건강하냐고, 즐거운 여행이
냐고 물어보기까지 하네그려."

할머니와 할아버지의 귀에는 서수철의 말이 자랑처럼
느껴졌다.

"무슨 술을 그리 마신 건지……. 걱정도 되네그려."

할아버지가 능글맞게 말했다.

"걱정한다는 사람의 눈이 그리 반달이 돼 있소?"

"하하! 그러오?"

서수철의 얼굴에 자리 잡은 주름들이 기분을 대변했다.
그는 아들의 음성을 하나라도 놓칠 새라 대화를 중단했다.
히죽거리는 그의 모습이 참으로 짓궂게 보였다. 할아버지
와 할머니가 없으면 자신도 모르게, 죽어 있는 목소리와 대

화를 할 뻔했다. '나도 보고 싶다. 건강하다'라고.

하지만 그의 행복은 그리 오래가지 않았다. 그의 얼굴이
조금씩 굳어지기 시작했다. 그의 행복에 전염돼 있던 할아
버지와 할머니도 눈치챌 수 있을 정도로 표정이 어두워졌
다. 이번에는 할아버지, 할머니도 쉽게 무슨 일이냐며 물어
보지 못했다. 그의 얼굴빛이 당장이라도 울음을 터트릴 것
같이 슬퍼 보였기 때문이다. 음성을 다 들은 그가 힘없이
휴대전화를 내려놓았다.

"내 여행을 다니며, 댁에게 했던 자식 욕이 괜히 미안해
지는구려."

"무슨…… 일…… 있소?"

할아버지가 어렵게 물었다. 그는 대답 대신 다른 말을 했
다.

"하나도 즐겁지 않은데…… 정말 하나도 즐겁지 않은
데……."

날이 깊었다. 너의 음성을 들으니 쉽게 잠이 오지 않는
밤이 되었구나. 내 어찌 그 마음을 몰랐을꼬. 동무와 자식
의 흥을 보던 내가 한심하게 느껴지고 있다. 문득 네 음성

에 나의 옛이야기가 떠오른다. 내 너보다 훨씬 젊었을 때의 일이었다. 너는 아직 어렸고 네 할아버지가 정정하셨을 때였다. 먹고살기 워낙 힘든 시절이었으니 교사 월급으로는 가족 넷이 먹고살기도 힘든 실정이었다.

내 이야기 속에 네 할아버지와 내가 투영되며 더한 복받침이 가슴을 먹먹하게 만들었다. 네 할아버지, 참으로 강인하신 분이셨다. 나는 나이가 먹고 수하에 자식을 거느리는 가운데에서도, 나는 아버지께 의지하고 살았다. 나는 집을 사본 적이 없다. 내 어렸을 적부터 살아온 집이 지금 집이요. 아버지가 전쟁통에 일궈놓은 재산이었다. 네 할아버지에게 빌붙어 살면서도 나는 뭐가 그리 당당했는지 모르겠구나. 자식으로서 당연한 대우라 생각했던 것일까?

어느 날이었다. 네 어미가 내 학교에 가기 전에 아침 밥상을 올렸는데 보리밥이 두 덩이밖에 안 되더구나. 아버지와 나는 서로를 마주 보며 대충 어떤 상황인지 알 수 있었다. 네 할아버지는 너에게 한 덩이를 주고는 자리에서 일어나셨다.

"어디 가세요? 아버지, 드시고 가세요."

나는 급하게 아버지를 붙잡았다. 아버지는 뒤도 돌아보지 않고 저고리를 챙겨 입곤 걸음을 옮기셨다.

"됐다. 먹고 있어라."

아버지는 그렇게 나가서는 소식이 없으셨다. 내가 출근을 하고 돌아와서도 집에 오지 않으셨다. 네 어미와 나는 아버지가 돌아올 때까지 잠도 자지 않고 꼬박 날을 새며 발만 동동 구르고 있었다. 다음 날 아침, 아버지가 지게를 진 누군가와 새벽이슬을 맞으며 집으로 돌아오셨다. 지게에는 보리가 한 가마니 들려 있었다.

"아버지! 어디 다녀오셨어요!"

나는 아버지를 걱정하는 듯 말하고 있었지만 눈은 보리가마에 향해 있었다. 아버지는 피로한 듯 방으로 들어가며 말했다.

"피곤하다. 한숨 자야겠구나. 어서 밥 먹고 출근해라. 다녀와서 얘기하자."

아버지는 방문을 닫아버리시고는 아무 말도 하지 않으셨다. 학교에서 돌아온 나와 함께 저녁을 드시면서도 입은 무겁게 닫혀 있었다. 네 어미와 나는 아버지가 눌러쓴 중절모를 보며 아무 말도 할 수 없었다. 그저 "고맙습니다"라는 말 이외에는. 아버지는 그저 묵묵히 보리밥을 입으로 넘기시기만 했다.

알고 있었다. 새벽에 아버지가 돌아오시며 눌러쓴 중절모를 보고 나는 모든 것을 알고 있었다. 새벽까지 기다리는 동안 걱정보다는 기대로 나와 네 어미는 아버지를 기다리고 있었다. 그 시절, 가발을 만들어 외국에 팔았던 시절이었다. 아녀자들은 머리카락을 잘랐고 그로 연명하던 사람들이 대다수였다. 아낙들 중 셋에 하나는 두건을 두르고 다니는 모습이 종종 눈에 띄던 시절이었다.

네 할아버지는…… 아버지는…… 아낙들과 함께 가발 공장에 가서 머리를 잘랐던 것이다.

그 뒤로, 아버지는 아주 오랫동안 중절모를 벗지 않으셨다. 나는, 네 어미는, 아버지께 아무 말도 하지 않았다.

내 아버지께 받은 모든 걸 다시 너에게 전해줄 때가 온 것 같구나. 네 할아버지가 내게 해줬던 것만큼 나는 너에게 해준 것이 없구나. 참으로 미안한 일이다. 네 할아버지는 너와 나, 네 어미를 위해 많은 걸 희생하셨는데 나는 정작 그러지 못했구나.

운명이겠지. 아비라는 명찰을 단 우리들의 운명이겠지.

너도 그리 살고 있겠지. 네 할아버지가 살았던 것처럼 그리 희생을 하며 살고 있겠지. 미안해하지 마라. 이게 바로 아비라는 존재들의 몫이니. 내 내일 네게 돈을 조금 부칠 테니 걱정 마라. 넉넉하지는 않지만 힘들다니 며느리와 손주들과 밥이라도 맛있게 먹어라. 네 할아버지가 그리하셨듯이 나도 그리하고 있는 것이니 네 할아버지의 빚을 너에게 갚는다 생각해라.

서수철이 이른 아침 은행을 찾았다. 은행이 막 문을 열었던 터라 기다리지 않고 창구로 갈 수 있었다. 서수철의 눈은 잠을 이루지 못해 벌겋게 충혈돼 있었다. 그는 통장을 올려놓고 직원에게 물었다.

"매달 다른 통장으로 돈을 보내려 하오. 그런 게 가능하오? 왜 있지 않소. 매달 누가 돈을 빼가는 것같이 하는 거 말이오."

직원은 친절하게 웃으며 답했다.

"가능해요. 여기에 받으시는 분 계좌번호 적어주시고요. 금액도 적어주세요."

서수철은 빠르게 계좌를 적었다. 상대의 이름을 적는 칸에는 '서민수'라고 적었다. 금액을 적는 칸에 그는 여러 개의 동그라미를 그려넣었다. 일, 십, 백, 천, 만, 십만, 맨 앞에는 1이라는 숫자를 적었다.

백만 원, 서수철은 한 달에 연금을 백오십만 원씩 수령한다. 그중에 백만 원을 빼고 나면 그에게는 오십만 원이 남는 것이다. 쓸 데가 없다지만 그가 집을 팔고 요양원에 들어갈 경우 국가 보조를 받는다 하더라도 삼십오만 원이 귀신같이 빠져나간다. 그에게 남는 금액은 고작 십오만 원. 담배를 태우고 나면 하나도 없다. 아파도 병원에 갈 수 없고, 그저 묵묵히 견뎌내야 한다. 파스 값도 댈 수 없는 돈, 오십만 원. 관절이 아파도, 이를 악물고 견뎌야 하는 돈 오십만 원. 나이가 들면 아이와 같이 돈이 많이 드는데 자식들이고, 국가고, 모두가 아이에게만 지원한다. 대부분의 노인은 그저 자신의 살림을 혼자서 꾸려나가야 한다. 아이를 버리면 천하의 몹쓸 놈이라는 말이 터져 나오는 세상이었다. 아무리 어려워도……, 차라리 낳지를 말던가, 라는 소리를 지껄이며 부모를 욕했다. 하지만 아비를 버리고 어미를 버리면 공감한다는 의견들이 터져 나왔다. 자식의 사정이 딱하니 그럴 수 있다는 시선들이 자리 잡고 있었다. 노인들을 대변할 사람들도 줄어들었다. 양로원이나 노인 복지시설은 대부분 개인이 운영하고 노인들에게 돈을 받아갔다. 국가에서 백 퍼센트 지원을 받아서 노인을 돌보는 곳은 점차 사라졌다. 노인들은 대항할 힘도 없었다. 그들은 세월이 얼마 남지 않았다며 자신을 위로하는 것이 할 수 있는 일의 전부였다.

서수철은 빠르게 적어나간 한 장의 종이를 직원에게 건넸다. 직원은 탁탁거리며 자판을 두드리더니 잠시 후 그에게 영수증을 건넸다.

"할아버지. 여기요. 다 됐어요. 매달 이 날짜에 돈이 빠져나가요."

"고맙소."

서수철이 힘없는 걸음으로 은행을 빠져나왔다. 통장을 확인해보았다. 어제 술을 먹고 돈을 좀 가지고 있으려고 십만 원을 찾았으니 통장에는 사십만 원이 남아 있었다. 수중에는 어제 술값을 빼고 칠만 원이 들려 있었다.

"늙은이가 이 정도면 됐지."

서수철은 담담하려고 애쓰며 자신에게 최면을 걸었다. 그는 찬찬히 통장을 바라보았다. 이체가 적힌 줄에 새겨진 모든 이름은 '서민수'라고 되어 있었다. 어느 날은 오백만 원, 몇 개월 후에 또 이백만 원, 손주들의 학비가 필요한 달에는 삼백만 원.

서수철은 손주들의 학비를 낼 때가 다가오면 자신도 모르게 허리띠를 졸라매며 살아왔고, 아들이 갑자기 돈이 필요하다고 할까 봐 늘 아껴 써야 했다.

한참 통장을 넘겨 보던 중 '서민수'로 입금된 부분이 눈에 띄었다. 금액은 오십만 원이었다. 몇 개월 전이었을까? 날짜를 보니 벌써 구개월이 지나고 있었다. 그가 밀려드는 감정을 주체하지 못한 채 중얼거렸다.

"얼마나 힘들기에 이리 살고 있느냐. 내 네가 무척이나 안쓰럽다. 아들아……."

*

모텔에서 잠이 깨어난 서민수는 휴대전화를 확인했다. 문자 메시지 두 통이 와 있었다. 하나는 아버지가 소리샘을 들었다는 메시지였고, 다른 하나는 아버지의 통장에서 자신의 통장으로 백만 원이 입금되었다는 메시지였다. 그가 벌떡 일어나 단축번호 4를 길게 눌렀다. 띠리링 신호음이 울렸다. 그는 띠리리 하고 신호가 가자 재빨리 종료 버튼을 눌렀다. 막상 신호음이 들리니 자신도 모르게 손이 종료 버튼을 눌렀다. 뭐라고 이야기를 해야 할지 도무지 떠오르지 않았다. 고맙다는 말로는 부족하고 죄송하다는 말은 쉽게 나오지 않았다. 그는 잠시 '아버지 통장으로 다시 돈을 보낼까?' 하고 갈등했지만 간사하게도 머릿속은 이미 아내의 통장 번호를 떠올리고 있었다. 한참 고민한 끝에 그는 아버지에게 문자를 한 통 보냈다.

아버지 고맙습니다. 꼭 갚을게요. 건강 챙기세요.

짧은 문자. 언제 갚을 것인지에 대한 이야기는 단 한 번도 해본 적 없는 서민수였다. 지금까지 늘 보내온 문자였다. '고맙습니다. 꼭 갚을게요. 건강 챙기세요'라는 투박함이 가득한 문자 구절은 이제 아버지가 돈을 부친 것을 확인할 때마다 해왔던 멘트였던 것이다.

마지막 편지

내 여러 곳을 돌아다니는구나. 가을이 제법 풍성해지고
있다. 이미 황금물결이 찰랑거리며 수확을 맞이하라 이야
기한다. 내 요즘 아이들이 하는 아르바이트를 좀 했다. 동무
가 아직도 농사를 지으며 트랙터를 운전하는데 그 기술을
좀 배워봤다. 동무의 벼를 함께 베어주고 술값을 좀 받고,
남의 논을 베어주고도 삯을 좀 받았다. 처음으로 하는 농사
일인데 마치 오래전부터 해왔던 일같이 느껴진다. 아마도
네 할아버지가 농사를 지어서일 것이다. 시골에 살면서도
나는 아버지를 따라 한 번도 논에 가 본 적이 없었구나. 아
버지는 항상 내게 공부나 하라며 새벽 일찍 나가셔서 해가
떨어져서야 돌아오시곤 했다. 우리 때는 농번기라고 해서

벼를 심을 때면 학교가 휴교를 했다. 어른들 일손을 좀 도와드리라는 뜻으로 만든 휴일이었지. 내가 했던 일은 고작 아버지를 위해 새참을 가져가는 일이 전부였다. 뜨거운 햇볕 아래에서 열심히 모내기를 하는 아버지는 내가 저 멀리 보이면 재빨리 도랑으로 가서는 깨끗하게 손발을 씻으셨다. 아버지는 새참을 가운데 두고 나와 어머니와 동네 어르신들이 모인 자리에서 항상 말씀하셨다. 새참을 먹을 때마다 귀에 못이 박히도록 들은 이야기다.

"네 절대 애비와 같이 농사지으면 안 된다. 넌 공부해야 며. 그러니께 새참 먹고 들어가서 공부해라. 알았제?"

반복되는 이야기에 중독이 돼서일까? 나는 열심히 공부했고 고등학교를 졸업하고 군대에 다녀오자마자 교육자가 되었다. 아버지는 더는 논밭이 필요 없다며 주위 사람들에게 모두 팔아버리고 내가 네 어미와 백년가약을 맺는 날 나에게 돈을 물려주셨다. 아마도 아버지는 나를 믿었던 것 같다. 모든 재산을 다 주시면 내가 아버지께 용돈도 드리고 평생을 모실 줄 아셨겠지.

나도 그리 생각했다. 아버지께 용돈도 드리고 평생을 부족한 것 없이 모셔야겠다고, 다짐하고 맹세했다. 뜨거운 햇

별과 싸우고 매일매일 힘겨운 삶을 살아오시며 나를 키워내셨던 아버지께 꼭 효도해야겠다 마음먹었다.

세상살이가 버거워서였을까? 아니면 방관해서였을까? 나는 맹세를 지키지 못했다. 아버지는 그 뒤로 남의 논에 가서 일하셨다. 내가 없었더라면 수십 마지기의 땅을 가지고 계셨을 아버지다. 한 번도 동네 사람에게 머리를 숙이지 않으셨고 동네에서 가장 많은 농사를 짓기로 유명하셨던 내 아버지였다. 그런 아버지가 논을 팔아버리니 벌이가 없어 남의 농사일을 돕고 용돈 벌이를 하셨다. 자식이 다 커서도 아침 일찍 나가 저녁 늦게 들어오셨다. 그때까지도 가장은 내가 아닌 아버지였다. 내가 결혼을 해서도 아버지는 가장이었고, 네가 태어나서도 아버지는 가장이었다. 가장의 무게를 덜어놓았을 땐 아버지가 세상을 등지고 나서가 아닐까 싶구나. 나는 아버지가 새벽에 나가는 모습에 용서를 구하기 위한 스스로의 면죄부를 만들었다. 늙으시면 소일거리라도 있어야 한다, 늙어서 움직이지 않으면 쉽게 병이 든다, 라는 말도 안 되는 면책으로 나는 아버지께 가장의 자리를 끝까지 떠넘기고 있었다.

내가 그랬건만, 나는 믿었다. 네가 가정이 생기면 이 아비에게 용돈도 주고 모시겠지, 라는 말도 안 되는 확신. 내 아버지도 그랬을까? 그래서 나에게 모든 재산을 넘겨주셨을까? 내가 네 결혼할 때 집을 사주며 은근히, "모시고 살게요"라는 말을 기다렸던 기대감과 비슷한 것일까? 못내 네게서 나오지 않았던 말에 서운했던 것처럼 새벽녘 논에 나가시는 아버지를 붙잡지 않아서 서운해하셨을까?

아버지는 아무 말씀도 하지 않으셨다. 나는 아침밥을 드시고 나가는 아버지를 붙잡지 않았다. "조심히 다녀오세요"라는 말을 아무 죄의식 없이, 거침없이 내뱉었다. 방학이 오면 너를 데리고 근처의 물가나 개울에 놀러갈 때도, 아버지와 함께 갔던 장소에 너를 데리고 나들이를 갈 때도 아버지는 항상 새벽에 일을 나가셨다.

자식은 아비를 보고 배운다고 하더구나. 옛말이 틀리지 않았다. 너 역시 나를 데리고 나들이를 갔던 기억이 언제인지 기억하느냐? 아마도 손주들이 아장아장 걸음마를 할 때였을 것이다. 내 네가 보고 싶어 백번을 참고 전화를 걸었던 날이라고 기억한다. 네 어미가 떠나고 얼마 지나지 않아 적적함을 달랠 길이 없어 전화를 했었지. 너는 제주도라는 곳에 가 있더구나. 가족들과 함께 말이다. 그 뒤로 나는 다짐했다. 아무리 적적한 마음이 불쑥 찾아와도, 외로움이 가슴속을 후벼 파더라도 이미 품에서 떠난 자식은 찾지 않겠노라고.

그래도 나는 앞집 전 씨보다는 나은 편이라는 위로에 살았다. 전 씨 자식 놈은 명절에도 찾아오지 않는다는구나. 내그래도 너희가 반겨주니 일년에 두번 서울에 올라가 너희를 보지 않느냐. 가끔 내 생일도 챙겨주고 말이다. 전 씨는 자식과 일년에 한 번 통화하는 일도 힘들다고 한다. 아니다. 전 씨 아들이 재작년에 한번 찾아오긴 했다. 전 씨가 논과 산을 팔아 마련한 돈을 가지러 말이다. 내 전 씨 아들이 자식을 세 놈이나 두고 살고 있다는 걸 그제야 알았다. 전씨 아들놈이 너보다 세 살인가 아래 아니더냐? 그놈 자식들은 우리 손주들보다 훨씬 커 보였다.

그나마 전 씨를 보며 내 만족감을 느낀다. 전 씨가 하루가 멀다 하고 장기를 두자고 찾아오는데 내 이리 여행 중이니 뭐하고 지낼지 걱정이구나. 전 씨 성격이 워낙 더러워서 친구가 없지 않느냐. 그래도 내 동네에서는 배운 놈이라 전씨를 상대할 사람은 나밖에 없는데 말이다.

아마도 매일 아침 내가 들어왔나 집을 기웃거릴 것이다.

내 휴대전화 번호를 물어보지 않은 것에 후회를 하고 있을 것이다. 자식 놈이 한 대 해줬다는 말에 뭔 놈의 자존심을 그리 부리던지 끝까지 번호를 물어보지 않더구나.

가을날인데도 일을 하니 덥다. 늙어서도 몸을 이리 움직여야 되나 보다. 예전보다 다리에 힘이 좀 생긴 것 같구나.

오늘은 동무의 이웃집 식구들의 벼를 베었다. 어렸을 때 먹었던 새참과는 비교도 안 되게 좋아진 진수성찬이 짬짬이 나온다. 막걸리와 부침부터 잡스런 고기까지⋯⋯. 흥이 절로 난다. 내 혼자 집에 있거나 전 씨와 장기를 두며 세월을 보내는 것보다 훨씬 마음이 가볍다.

이리 마음을 두니 네 할아버지의 마음도 그랬을 거라는 생각이 든다. 세월이 흐르면서 동무들은 사라진다. 사람은 자라면서 많은 사람을 만나고 어느 순간부터는 사람이 떠나게 되더구나. 늙은이들은 동무가 많지 않다. 나와 전 씨를 봐도 매일 둘이 보내는 시간으로 하루하루를 살아가지 않더냐. 그래서 아비들이 늙으면 고집탱이 영감쟁이가 되나 보다. 같이 놀아줄 사람이 없으니 괜스레 며느리에게, 아들놈에게 훈계를 하는 재미로 사나 보다. 그렇지 않고서야 자식 놈이나 며느리가 봐주기나 하더냐? 말 한번 걸어주는 게 뭐 그리 어렵다고……. 내 아버지를 닮았나 보다. 내게 못된 훈계를 하기가 싫어, 며느리에게 잔소리를 하기가 싫어 아버지는 그렇게 일찍 일을 나가셨나 보다. 나도 그렇지 않느냐. 네게 전화를 걸어 뭐라 할 바에는 차라리 이리 사는 게 마음 편안한 것 같다.

내 사람들과 떠들기도 하고, 논에서 일도 하다 보니 아버지의 모습이 아른거린다. 자식에게는 그리 강하게 보이던 아버지도 나와 같이 사람들 앞에서 허리가 쑤시고 무릎이 아파온다는 말을 쉽게 내뱉었을까? 자식에게는 차마 하지 못하는 말들을 사람들이 모인 자리에서는 편안하게 하며 한숨을 내쉬었을까?

너는 어쩌냐? 너도 혹 그러하냐? 자식들에게 말 못하는 답답함을 막걸리 한 잔에 가득 담아 사람들에게 나눠주더냐?

오늘은 일이 많아 이만 줄여야겠구나.

밥은 항상 챙겨 먹어라.

내 걱정은 하지 말고 열심히 일하면서 잘 지내고 있어라. 명절 때 네 좋아하는 떡을 좀 해갈 테니 기대해라.

*

며칠 동안 추수를 하니 논밭이 횅하다. 내 오늘은 동무와 함께 내장산으로 가는 관광버스에 올라 놀러갔다. 이 동네에는 참으로 밝게 사는 노인네들이 많더구나. 우리 동네와 달리 노인들은 힘이 넘친다. 버스는 한 노인의 아들놈이 대절해줬는데 서울에서 사업을 꽤나 크게 한다고 하더라. 뭔 놈의 잘난 척을 그리하는지 내장산에 가는 내내 자식 놈 자랑에 마치 내가 오래전부터 알고 지낸 네 친구인 줄 착각까지 하겠다.

가을빛이 곱게 물든 산에 와 보니 참으로 좋구나. 동무와 나는 케이블카를 타지 않고 근처 슈퍼에 앉아 도란도란 이야기꽃을 피웠다. 술이 있으면 금상첨화겠지만 추수할 때 워낙 새참으로 술을 많이 먹어서 당분간 동무와 나는 금주를 하기로 결심했다. 왜 이런 말이 있지 않느냐. 농사는 술기운으로 해야 한다고. 내 아버지가 왜 매일 술 냄새를 풍기며 집으로 돌아왔는지 알 수 있을 것 같다. 술기운이 아니면 햇볕에 서 있는 것조차 힘들더구나. 술의 힘을 빌어야 그나마 벼를 벨 수 있더구나.

민수야!

내가 내장산에 왔다는데 기억나는 일들이 없느냐? 내 네가 대학에 입학해서 서울로 갈 적에 데려왔던 곳이다. 네 어미와 내가 이곳에 들렀지 않느냐. 너는 별로 좋아하지 않았지만 네 어미는 단풍도 입지 않은 앙상한 나무들을 바라보며 뭐가 그리 신났는지 이리저리 돌아다녔던 추억이 새삼 나를 붙잡고 있다.

내가 내장산을 처음 온 것은 스물일곱 때였다. 너는 기억나지 않겠지만 걸음도 못 걷는 너를 데리고 네 할아버지와 찾았던 곳이다. 아버지가 이곳 동동주가 그리 맛있다며 얼큰하게 취하도록 마셨던 모습이 아직도 눈에 훤하다.

나이를 드시고 나서는 마실 나가는 것도 왠지 모를 웃음으로 좋아하셨던 모습이 떠오르는구나. 가족들과 어디 나가실 때마다 항상 아껴두셨던 녹색 저고리를 입으셨다. 내장산에 오기 전날 아버지는 하루 종일 다리미를 달궈 저고리를 다리셨다. 버스를 두번이나 갈아타고 내장산에 도착하자마자 웃으시던 모습이 네 어미보다 더 밝더구나.

네 할아버지는 겉으로는 고지식해 보이지만 정말로 그런 분은 아니셨다. 나와 네 어미가 단둘이 걸으라며 너를 품에 안고 근처 가게로 들어가셨지. 그게 아마도 네 어미와 단둘이 걸어본 마지막 기억이 아닌가 싶다.

나와 네 어미가 다시 아버지께 돌아왔을 때 너는 무엇이 그리 억울한지 한 섞인 눈물을 보이며 울고 있었고 네 할아버지는 당황해서 어찌할 바를 모르셨다. 네 어미가 재빨리 너를 안고 토닥이니 언제 그랬냐는 듯 울음을 멈추고 잠에 빠져들었다. 네 할아버지는 헛기침으로 미안한 마음을 대신 전했다.

아버지는 우리가 들어오자 혼자 밖으로 나가셨다. 내가 "아버지 어디 가세요?"라고 물으니 "내 혼자 마실 좀 다녀오련다. 따라오지 마라"라고 단호하게 말하시고는 홀로 걸음을 옮기셨다. 내 늙은이가 되어서, 너희와 여행을 떠나고 나서야 아버지의 마음을 알 수 있었다. 나와 같이 살긴 하지만 아버지는 가족 외의 사람으로 당신을 인지하고 계셨던 것이다. 당신이 끼어들면 가족끼리 말 못할 얘기들이 많아진다는 것을 이미 알고 계셨던 것이다.

내 칠순 때, 너희 가족과 놀러간 적이 있었다. 놀이동산이었는데 이름이 가물가물하다. 그때 느꼈다. 더 이상 너와 나는 가족이 아니라는 것을.

네 자식 놈들에게는 뭐가 그리 할 말이 많은지 이런저런 이야기를 하면서 나에게는 말을 하지 않는 모습에 절실히 깨달았다. 눈에서 멀어진 아비와 너다. 등본에서도 이제 나 혼자만 나온다. 너의 이름은 이미 네 가족들에게 빼앗겨버렸다. 나는 홀로 사는 사람이 된 것이다.

피를 나눴지만 친하지는 않다. 네 자식과 나는 이촌이다. 며느리와 나는 네가 없으면 아무 사이도 아니다. 너는 한 가정의 가장이 되어 식구들을 거느린다.

고로 너와 나는 가족이 아닌 것이다.

자식은 말이다. 결혼을 하면 떠나간다. 짐승들도 그렇다. 떠나면 두번 다시 아비나 어미를 찾지 않는다. 그나마 사람이기에 연을 이어갈 수 있는 것이다.

인정하기 싫지만 인정해야 한다. 그래야 덜 억울하다는 걸 나는 이 나이에 비로소 알게 되었다. 자식이 나를 보살펴주지 않는다는 것에 억울하지 않으려면 어쩔 수 없이 선택해야 한다. 너도 나중에 알게 될 것이다. 결코 미워할 수 없는 자식이기에 인정하기 싫은 억지스러운 말들을 제멋대로 끼워 맞춰 이해해야 한다는 것을.

놀이동산에서 나는 동떨어져 걸어야 했고 멀찌감치 혼

자 걸으며 너희 가족을 바라보았다. 내가 빠진 자리의 너희는 참으로 행복해 보이더구나. 웃고 떠들다가도 내가 있다는 사실을 인지할 때면 며느리의 웃음은 사라지고 손주들은 당황해했다. 내가 없는 자리……. 그게 바로 너희 가족의 진정한 모습이었던 것이다.

이놈아! 내가 놀이동산 같은 곳을 좋아할 거라고 생각하지 않았을 것 아니냐. 불효라는 죄를 덮어버리고 네 가족이 즐거워할 수 있는 곳을 찾아보니 놀이동산이 나온 게 아니더냐? 내 웃음이 나온다. 내 너를 키워왔고 내 씨가 만들어낸 자식인데 어찌 너를 모르겠느냐.

섭섭하지 않다. 그저 네 가족을 지켜나가고 나중에 나와 같이 자식을 보내야 하는 상황에 담담하게 대처하길 바랄 뿐이다.

바람이 제법 차가워졌다. 이제 며칠이 지나면 내 집으로 다시 돌아가야 하는구나.

감기 조심해라.

계절이 바뀔 때 가장 쉽게 오는 게 감기이니, 몸 생각하고 열심히 살고 있어라.

이만 줄인다.

*

　내일이면 네 할아버지 산소 벌초를 해야 한다. 날이 이제 제법 추워졌구나. 내 동무와 오늘은 장에 나갔다. 시골 장은 여전히 풍성하구나. 추석이 다가오니 인심 또한 덩달아 풍성해졌다. 동무와 나란히 시장에서 잠바를 구입했다. 나란히 마주 보니 우리도 아직 제법 쓸 만하게 생겼구나. 국수도 먹고 하루 종일 다리품을 팔아 내 아버님 산소에 올려드릴 저고리도 샀다. 장에 오니 마치 과거로 돌아간 듯한 착각이 일었다.

　사이사이 상인들이 좌판을 펼쳐놓고 물건을 파는 가운데 한곳에 눈길이 쏠렸다. 나도 모르게 걸음을 옮겨 좌판으로 다가갔다. 내가 아이일 때는 가난 때문에 보기 힘들었던 엿가락을 팔고 있었다. 동무와 나는 엿을 하나씩 들고 약속이라도 한 듯 엿가락을 단번에 잘라 보았다. 잘린 엿가락 사이로 '후!' 하고 바람을 불어넣으니 작은 구멍들이 나왔다. 우리는 각자의 구멍을 확인했다. 내 구멍이 더 컸다.

　"댁이 사시오."

　나는 껄껄 웃으며 기분 좋게 엿가락을 빨았다. 품으로 받은 돈으로 오랜만에 즐거운 하루를 보냈던 날이다.

내 초등학교도 들어가지 않았을 때, 장날이면 늘 기대에 부푼 채 잠이 들었다. 눈을 뜨면 네 할아버지는 단정히 옷을 차려입고 묵직한 자전거 뒷자리에 푹신한 방석을 깔아두셨다. 나는 자연스럽게 아버지의 자전거 뒷자리에 올라탔고, 아버지는 띠리링 벨소리를 내며 힘껏 페달을 밟으셨다. 아버지의 자전거는 엄청 빨랐다. 시원한 바람과 함께 들리는 아버지의 노랫가락은 나를 기분 좋게 만들었다. 지금처럼 도로가 잘 닦여 있지 않았는데도 아버지는 꽤 운전을 잘하셨다. 그래서 아비도 오토바이를 그리 잘 타나 보다. 내 아직도 오토바이를 타면서 흥얼거리는 가락은 네 할아버지가 자전거를 타고 흥얼거렸던 가락이라는 것을 최근에야 느낄 수 있었다.

네 할아버지는 장에 가자마자 가장 먼저 엿을 파는 장사치에게 발걸음을 옮기셨다. 엿을 먹기 위해 하루를 꼬박 설레며 잠을 청하는 나라는 걸 아버지는 알고 있었다. 아버지는 나에게 엿가락을 두 개 집게 하신 다음 하나를 달라고 하셨다. 우리는 엿가락을 두 동강이 내서 구멍을 확인했다. 신기하게도 나는 아버지를 이겨본 적이 없는 것 같구나. 매번 아버지는 내 머리에 알밤을 주셨다.

네 할아버지와 나는 장을 돌아다니며 생선도 사고, 고무신을 사기도 했다. 넉넉한 형편은 아니었지만 그래도 장날만큼은 남부럽지 않게 먹이셨고 사주셨다.

네 할아버지는…… 장날을 위해, 내게 엿가락과 고무신, 혹은 저고리를 사주시기 위해 열심히 일하셨던 것 같다. 자식과 함께 돌아다닌다는 것은 돈이 드는 일이다. 어쩔 수 없는 일이다. 아비는 해주고 싶고 자식은 받고 싶은 마음은 평생의 진리일 테니.

고로 돈이 들어가는 일이라도 나와 같이 장을 돌아다니는 일에 행복을 느꼈던 아버지는 열심히 일을 하셔야만 했다. 나도 그랬다. 나도 나중에서야 네 할아버지의 마음을 이해할 수 있었다. 네 너와 보내는 시간이 뭐가 그리 즐거운지 한 달 꼬박 벌어 네 어미에게 가져다주면서도 담뱃값을 아껴 너와 보내는 시간을 만들어보려 했다. 아마 너도 그렇지 않았을까? 자식들과 즐거운 기억을 만들기 위한 노력을 하지 않았을까? 자식과 보내는 시간만큼 행복을 느끼는 다른 일은 아비가 되는 순간 사라진다는 것을 너도 알게 되지 않았을까?

아비는 자식만을 위한다. 이기적이게도 부모와 보내는 시간보다 자식과 보내는 시간에 더 큰 행복을 느낀다. 자식 또한 그렇다. 단 아비는 행복의 조건이 한결같지만, 자식은 나이를 먹을수록 변한다는 차이가 있을 뿐이다. 아이였을 때는 부모와 많은 시간을 보내며 행복해하지만, 나이가 들수록 친구들과 보내는 시간에 행복을 느낀다. 사춘기를 지나면서, 혹은 사춘기에 접어들면서부터는 사랑하는 누군가와의 시간에 가장 큰 행복을 느낀다. 성인이 되면 아이들은 부모의 존재, 아비의 존재와 나란히 걷는다는 일에 행복을 느끼지 못한다. 첫째가 사랑하는 이성이요, 둘째가 우정을 나누는 친구가 된다. 그 순간부터 아비의 존재는 행복보다 애절한 누군가로 기억되기 시작한다. 결혼을 하게 되면 다른 아비들과 같이 자식을 바라보며 행복을 느낀다. 그 순간부터 네 자식들은 네가 자식이었을 때 가졌던 행복의 기준을 똑같이 반복한다. 그럼 너도 나와 같은 아비로 살게 되며 비로소 내가 가졌던 한결같은 행복의 조건 속에서 살게 되는 것이다.

하지만 나중에 내 나이가 되면서 우리는 다시 아버지의 추억을 간직한다. 그리고 깨닫는다. 내 삶이 아버지와 다르지 않았음을. 내 삶이 아버지와 같았음을.

오묘한 감정 속에 아버지를 추억하게 되며 동병상련의 기억들 속에 가슴이 뜨거워짐을 느끼게 된다.

아들아!

부모가 떠난 다음 자식들은 후회한다며 모두가 입을 모아 말한다. 그 말뜻은 알면서도 우리는 거스르고 살아간다. 어쩔 수 없는 현실이다. 다른 누군가와 같이, 다른 아비들과 같이 세월만이 우리에게 깨우침을 주기 때문이다. 말의 뜻은 이해하지만, 행동으로 실천하고 효도를 해야 한다는 것을 매우 잘 알고 있지만, 우리는 어리석게도 아버지가 떠난 다음, 내가 떠난 아버지의 나이가 되어서야 비로소 깨닫게 된다. 우리 아버지들도 그랬고, 나도 그랬고, 너로 그럴 것이다. 지금 내 나이가 되어서야 아비라는 삶은 누구나 같다는 것을 알게 될 것이다.

그래서이다.

사람은 죽기 전에야 철이 든다는 말이 나온 것은.

내 이제 갈 때가 되었나 보다. 슬슬 철이 들기 시작하며 아버지를 그리워하는 걸 보니.

너무 늦은 우리의 이해

서수철과 할아버지가 아침부터 땀을 흘리고 있었다. 서수철의 아버지가 잠든 산소는 손이 가지 않은 탓에 힘겨운 노동을 필요로 했다. 산소로 가는 길이 막혀서 새로 길을 만드는 데 오전 시간을 허비했다. 그는 할아버지에게 산소를 방치하고 게으름을 피운 것이 미안해서 얼굴을 붉혔다. 할아버지는 "괜찮소. 늙으면 기력이 달려 일년에 한 번도 힘든 것이니"라며 그를 토닥였다. 아침 해가 중천에 떠올라서야 본격적인 벌초를 할 수 있었다. 길을 내는 데 많은 시간과 힘을 허비한 두 노인은 기력이 매우 떨어져서 손을 움직이는 것조차 힘겨워 보였다. 할아버지가 가져온 잔디를 깎는 기계가 없었다면 며칠은 허비했어야 하는 큰일이었다. 윙윙거리는 기계의 엔진도 힘겨운 소리를 토해내기 시작했다. 몇 번을 쉬고 다시 일어나기를 수십 번도 더했을 때가 되어서야 산소는 제 모습을 찾아가기 시작했다. 시원하게 이발을 한 산소를 바라보는 서수철의 얼굴도 밝아졌다. 언제 끝날지 몰랐던 벌초가 오후가 되어서야 끝이 났다. 기계는 엔진소리를 멈추고도 뜨거운 열을 뿜어내며 오늘의 고단함을 호소하고 있었다. 그들 역시 마찬가지였다. 주저앉아 쑤셔오는 다리와 팔을 이리저리 주물렀다.

"우리 서로 주물러줍시다."

할아버지가 먼저 제안했다. 서수철이 고개를 끄덕였다. 순서를 정하기 위한 가위바위보가 자연스럽게 진행되었다. 서수철이 승리의 기쁨 속에 할아버지의 시원한 안마를 받았다. 동심으로 돌아간 그들의 얼굴은 관절의 아픔과는 달리 해맑았다.

연달아 두번을 이긴 서수철이 쾌재를 불렀다. 할아버지는 땀을 흘리며 열심히 그를 안마했다. 다시 할아버지가 가위바위보를 제안하려고 하자 그가 할아버지의 다리를 주무르기 시작했다.

"그만하오. 내 이제 좀 나아졌으니 좀 주물러 드리리다."

할아버지는 마다하지 않고 서수철에게 몸을 맡겼다. 그의 안마가 시원한지 '아!'라는 짧은 소리를 냈다.

"시원하구려. 자식 놈들은 젊은 놈들이 왜 그리 안마를 못하는지 모르것소."

할아버지가 말했다.

"우리가 얼마나 아픈지 몰라서 그럴 게요. 아마 지들도 아프면 안마를 잘할 수 있겠지. 어디가 어떻게 아픈지 우리는 서로 잘 알지 않소. 그러니 어떻게 주무르면 시원한지도 잘 알고 있지 않소."

"허허. 그런가? 댁의 말을 들으니 그런가 보오."

"그러니 우리 아이들을 탓해봤자 뭐하겠소. 자식 놈들이 제아무리 효도하고 잘해줘봤자 우리 나이가 아니니 느끼지 못하는 것이 더 많을 게요. 우리도 그렇지 않았소? 우리 아버지들 나이가 되어서야 비로소 우리도 느끼고 있지 않소이까. 자식들에게 백날 얘기해봤자 이해는 하되 느끼지는 못할 거요. 어찌 보면 우리도 그랬으니 억울할 것도 없지 않소."

"그리되는 게요? 맞구려. 댁의 말이 정답이구려."

대화가 중단되었다. 서로 과거를 떠올리며 자신들의 모

습이었던 아버지를 떠올리고 있었다. 관절이 아프고, 걷는 것을 힘겨워했던 아버지들. 그때 그들은 왜 아버지를 안마해 드릴 때 이렇게 해야 한다는 걸 모르고 있었는지. 무릎이 아프면 어디를 만져야 시원한 안마가 되는지. 왜 아버지는 어떻게 주물러라 말하지 않았는지 세월이 그들에게 늦은 답변을 전해주고 있었다.

할아버지는 다리를 주무르는 서수철의 손에서 조심스럽게 다리를 뺐다. 할아버지가 그에게 담배를 건넸다. 서로 담배에 불을 붙여주며 하늘을 바라보았다.

서수철이 말했다.

"내 고등학생 때 배웠던 학문이 하나도 기억나지 않는데 말이오. 어린 시절 우리 아버지가 불러주던 가락은 생생하게 기억나오. 중학생 때 배웠던 학문들은 기억나지 않는데 말이오. 아버지가 들려줬던 도깨비 이야기는 생생하게 기억나오. 신기하지 않소?"

할아버지가 말했다.

"나도 그렇구려. 우리 아버지가 해줬던 귀신 이야기를 아들에게 해주고 손주에게 해줬소. 아직도 토씨 하나 안 틀리고 이야기할 수 있을 것 같소. 두 눈과 귀에 선하게 남아 있소. 정말 신기하구려."

*

"우리나라 도깨비들이 얼마나 귀여운 줄 알아? 네가 보고 들었던 도깨비는 사실 우리나라 도깨비가 아니야. 우리나라 도깨비는 뿔이 없어. 우리나라 도깨비는 말이지. 피부가 녹색이고 힘이 장사야. 떡을 좋아하고 씨름을 좋아하지. 대부분 나무에 살고 있어."

서민수가 어머니 산소에서 신나게 도깨비 이야기를 떠들고 있었다. 벌초를 하러 왔건만 이미 아버지가 말끔하게 이발을 해 드린 터라 그는 그저 술 한 잔을 따라 드리고 절을 올리는 일이 할 수 있는, 전부였다. 할 일이 없는 그는 아이에게 옛날이야기를 들려주기 시작했다. 도깨비를 이야기하는데 아이는 뿔난 도깨비를 상상하고 있었다. 그는 열을 올려 도깨비의 모습을 설명해주기 시작했다. 아이는 그의 말을 믿지 못하겠다는 듯 의심을 가득 담아 말했다.

"아저씨가 어떻게 알아요? 아저씨가 봤어요?"

"못 봤지."

서민수는 뒤통수를 긁적거리며 말했다. 아이가 눈을 흘겼다.

"그런데 어떻게 알아요? 보지도 않았으면서."

"우리 아버지가 말씀해줬어. 아주 어렸을 때."

"아저씨 아빠는 도깨비 봤대요?"

"아니. 우리 아버지도 할아버지한테 들었다는데."

"그럼 아저씨 할아버지는 봤대요?"

"글쎄. 아마도 증조할아버지에게 듣지 않았을까?"

"그럼 아무도 못 본 거네요."

서민수가 할 말을 잃었다. 무안했는지 그는 얼른 정종을 찾았다. 아이는 무릎에 턱을 괴고 앉아 잔디를 손으로 뽑아 손장난을 하기 시작했다.

"옛날이야기 하나만 더 해주세요."

아이는 심심한지 서민수에게 부탁했다. 그는 곰곰이 생각하다가 두 손뼉을 "짝!"하고 마주쳤다. 그는 잠시 목소리를 가다듬고 말했다.

"우리 아버지에게 들은 이야긴데 말이야."

서민수가 이야기를 시작하려고 하자 아이는 눈과 귀를 그의 입에 집중했다. 그는 옛날에 아버지에게 들었던 이야기 중에 가장 재미있는 이야기를 하기 시작했다.

서민수의 이야기는 달달하니 담백했다. 마치 예전 자신이 아버지가 된 듯한 느낌으로 말투까지 따라 하고 있었다.

"노란 애벌레가 한 마리 살고 있었어."

서민수의 이야기는 의외로 귀신 이야기가 아니었다. 아이는 더욱 호기심을 보였다.

"애벌레는 자신의 존재가 더럽고 싫었지. 너무 못생겼었거든. 애벌레는 자신이 원하는 모습으로 변신시켜줄 수 있는 누군가를 찾아 떠나게 되었단다. 애벌레는 나비가 되고 싶어 했어. 아름다운 나비를 보며 자신도 꼭 그렇게 될 거라고 다짐했지. 하지만 오랫동안 여행을 해도 자신을 변화시켜줄 누군가는 만날 수 없었단다. 위험한 적도 많았어. 못된 짐승들에게 잡아먹힐 뻔도 했고 사람들의 발에 밟혀 죽을 위기를 넘기길 여러 번이었지. 애벌레는 조금씩 지쳐갔어. 그러던 중 화사한 꽃밭을 여행하게 되었는데 자신이 그렇게 되고 싶어 하던 나비들이 아름다운 모습으로 하늘을 날고 있는 거야. 애벌레는 노랑나비에게 다가가 물었어.

'나비가 되려면 어떻게 해야 하죠?'

나비가 말했어.

'내 모습은 미래의 네 모습이 될 수도 있어.'

'저는 작은 애벌레일 뿐인데요.'

애벌레는 믿지 못하겠다는 투로 말했어. 나비가 그런 애벌레에게 다정하게 말했어.

'날기를 간절하게 원해 봐. 하나의 애벌레로 살아가는 것을 포기할 수 있을 만큼 간절하게.'

'저는 지금도 간절해요. 그럼 죽어야 한다는 말이에요?'

'그렇기도 하고 아니기도 하지. 겉모습은 죽은 듯 보여도 참모습은 여전히 살아 있단다. 삶의 모습은 바뀌지만 목숨이 없어지는 것은 아니야. 나비가 되어 보지도 못하고 죽는 애벌레들과는 다르단다.'

애벌레가 한참 망설이다가 물었어.

'나비가 되려면 무엇을 해야 하죠?'

'고치를 만들어야 해. 너는 고치를 만들 수가 있어. 고치를 만들고 그 안에 있으면 숨어버린 것처럼 생각되겠지만 고치는 결코 도피처가 아니야. 고치는 변화가 일어나는 동안 잠시 들어가 머무는 집이란다. 단! 고치로 들어가면 절대 애벌레로 다시 돌아갈 수 없어. 이게 나비가 되는 과정이란다. 그럼 아름다운 나비와 너는 사랑을 할 수 있을 거야.'

애벌레는 나비가 시키는 대로 고치를 만들어서 인내의 시간을 보냈어. 혼자 안에 있는 시간이 너무 외로웠지만 버텨낼 수 있었어. 아름다운 나비가 되기 위한 과정이었으니까."

아이가 중간에 이야기를 끊었다.

"나비가 됐어요?"

"에이! 중요한 순간인데. 결국은 나비가 됐지. 어린아이라 넌 잘 모르겠지만, 이 이야기는 우리의 인생을 잘 설명하고 있단다. 처음에는 보잘것없는 우리지만 결국 인내의 시간을 버텨내면 아름다운 인생을 손에 쥘 수 있다는 이야기지."

아이는 고개를 갸우뚱거리며 말했다.

"아저씨. 애벌레의 부모는 그럼 나비예요? 아니면 애벌레예요?"

"당연히 나비지. 애벌레였을 땐 아마도 부모가 원망스러웠을 거야. 그런데 자신이 나비가 되고 나서 우리 부모님이 나비였다는 걸 깨닫게 되었을 땐 행복했을 테지."

서민수는 자신이 이야기를 하다가 무언가를 깨달았다는 듯 "아!" 하고 짧은 신음을 냈다. 무언가 지독한 후회의 감정이 그에게 해일처럼 밀려들었다. 그의 표정 변화에 아이가 눈치를 살폈다. 서민수가 먹먹한 가슴으로 말했다.

"아버지가 원망스러웠던 적이 많았다. 다른 아버지들과 달리 늘 무능력하다고 생각했지. 어렸을 때 배곯을 때마다 아버지를 원망했고, 지금도 그랬다. 그런데 나는 애벌레였던 거야. 내가 못났으니 아버지도 못났다 원망한 거라고. 내가 나비가 되었더라면, 내가 잘난 놈이었더라면 분명 나는 아버지를 훌륭한 분이라 여기며 살아왔을 거다."

"……."

"결국…… 나는 내가 못났기에 아버지를 못났다 여겼던 거야. 바보 같은 자식. 천하에 못난 놈. 그게 바로 나다."

*

서수철과 할아버지가 해가 지기 전, 서둘러 짐을 챙겼다. 무거운 기계와 기구들을 어깨에 이고 산길을 터벅터벅 걸어 내려갔다. 둘 다 지쳤는지 걸음에 힘이 없었다. 일년 동안 한 번도 찾지 않은 산소였으니 힘이 빠지는 것은 당연했다. 그래도 시원하게 제 모습을 찾은 산소를 보니 왠지 모를 뿌듯함이 피로를 덜어주고 있었다. 해야 할 일을 마친 그들이었지만 마음속의 죄를 씻어낸 듯, 가벼운 마음이 절로 생겨났다. 아침에 힘들게 닦아놓았던 길을 내려오면서 서수철이 입을 열었다.

"잠시 저쪽으로 가서 아내를 좀 보고 가고 싶소. 먼저 내려갈 테요?"

앞서가던 할아버지가 뒤를 돌아보며 걸음을 멈췄다.

"아니요. 같이 가오. 함께 갔다가 갑시다."

할아버지가 서수철의 뒤를 따랐다. 부모님의 산소와는 달리 아내의 산소는 길이 잘 닦여 있었다. 그는 빠른 걸음으로 아내가 누워 있는 곳으로 내려가기 시작했다. 부모님과 그의 아내가 누워 있는 산소의 거리는 꽤 가까웠다. 조금씩 걸음걸이에 속도가 붙던 그가 잠시 '어?'라는 말과 함께 걸음을 멈췄다. 뒤따라오던 할아버지도 걸음을 멈추고 그가 바라보는 곳으로 시선을 옮겼다.

"누가 있지 않소?"

서수철이 들뜬 마음으로 말을 받았다.

"내 아들놈 같소이다. 녀석이 온 것 같소이다."

서수철은 뒤도 돌아보지 않고 거의 내달리다시피 산소

를 향해 돌진했다. 할아버지는 속도를 맞추지 못하고 점점 거리가 벌어지고 있었다. 산소가 가까워질수록 그의 걸음이 할아버지보다 느려졌다. 그가 숨을 고르며 천천히 산소로 다가갔다. 할아버지는 어느새 그를 따라잡아 나란히 걷고 있었다.

"민수냐?"

서수철의 목소리는 조금 전 흥분한 목소리와는 달리 딱딱하게 굳어 있었다. 산소에 앉아 있던 서민수가 뒤를 돌아보았다. 서민수는 놀란 얼굴로 "어? 아버지!"라고 말했다. 그는 태연하게 서민수를 바라보았다.

"어인 일이냐? 이미 내 동무와 벌초를 끝냈다."

서민수가 재빨리 일어나 서수철과 할아버지에게 인사를 했다. 그의 시선이 아이에게로 향했다.

"누구냐?"

"노숙을 하던 아이입니다. 친구 놈이 쉼터를 하는데 그곳에 맡기려고 합니다. 서울에 가는 대로 맡길 겁니다."

"그래? 그럼 집으로 가자. 밥이나 좀 먹자구나."

자식과 아버지 사이가 맞는지 의심스러울 정도로 형식적이면서 짧은 대화가 오갔다. 서수철이 앞장서서 걸었고 그 뒤를 할아버지가 따랐다. 아이와 서민수는 저만치 떨어져서 그의 뒤를 따랐다. 할아버지가 그의 곁으로 다가가 걸음을 맞췄다. 그의 눈에는 걱정이 가득했다.

"반찬이 별로 없는데······."

*

해가 떨어졌다. 밥상에 모여 앉은 넷은 서먹해하며 밥을 먹었다. 누구 하나 입을 열지 않았다. 밥그릇을 다 비우고 나서야 서민수가 서수철에게 "아버지 잘 먹었습니다"라는 말을 내뱉었을 뿐이다.

서수철과 할아버지는 담배를 물었다. 서민수는 조용히 집 뒤쪽으로 가 담배를 물었다. 아이는 서먹한 사이에서 불편했는지 눈치만 보고 있을 뿐이었다.

서민수와 서수철은 서로 알고 있었다. 이 집에 대한 처분을 어떻게 자연스럽게 꺼내야 하는지 고민하고 있었던 것이다. 그로 인해 서로의 어색함은 더해갔다. 할아버지는 눈치를 채고 아무 말도 하지 않았다. 그저 눈으로 서수철에게 먼저 말하라는 신호를 보낼 뿐이었다.

서민수가 담배를 피우고 상을 가지고 부엌으로 가려고 했다. 침을 한번 크게 삼킨 서수철이 입을 열었다.

"거기 앉아라."

서민수는 군말 없이 자리에 앉았다. 어떤 이야기가 나올지 알고 있었다. 집에 대한 처분과 얼마 후에 돈을 입금하겠다는 말이 아버지에게서 튀어나올 것이 분명했다. 그는 가만히 기다렸다.

"내 집은 이미 처분했다. 집에 들어오기로 한 사람이 말미를 좀 달라기에 그리하기로 했다. 조금 기다리고 있어라."

"아버지, 괜찮아요. 그런 말씀하지 마세요. 그리고 집은 처분하지 않으셨으면 좋겠습니다. 요양원에 가신다는 말을 하시면 제가 어찌하라는 말씀이세요. 그래도 집은 있어야지요."

서민수가 걱정을 가득 담아 말했다. 하지만 서수철과 할아버지에게는 그 말이 그리 반갑지 않았다. 자식의 입장에서는 아주 지극히 효성 깊은 말이자 걱정의 말이 분명했다. 허나 늙은이들에게는 그리 들리지 않았다.

"그럼 제가 모시겠습니다"라는 형식적인 말이라도 한번은 자식의 입에서 튀어나오길 바랐다. 혹여나 예의상 뱉어낸 말로 진짜 모시고 살아야 하는 건 아닌지 걱정이 돼서 사전에 아예 말하지 않는 거라는 괘씸함이 서수철과 할아버지가 느끼는 감정이었다.

하지만 원망의 소리를 입 밖으로 낼 수 없다. 아비이기 때문이다.

"됐다. 내 동무가 있는 마을 근처 요양원으로 갈 생각이다. 그곳 동네는 살기 좋더구나. 요양원이 동네 안에 있어 자주 동무들과 어울릴 수도 있다. 나도 친구가 필요하다. 혼자 사는 것보단 늙은이들끼리 오순도순 모여 사는 것도 나쁘지 않을 것 같다."

"아버지……."

서수철이 서민수의 말을 자르고 강단 있게 말했다.

"이미 결정했다. 널 욕할 사람 하나도 없다. 동무의 말을 들어 보니 시설도 괜찮고 동네 사람들도 요양원에 들어가려 한다는구나. 그 정도로 좋은 곳이다. 나도 여생을 좀 즐기고 싶다. 네가 막는다면 그게 바로 불효다."

아버지의 확신 있는 말투가 강압적으로 느껴져서 서민수는 입을 굳게 닫았다. 아니, 얼마든지 안 된다고 말할 수 있었을 것이다. 하지만 스스로가 '아버지의 결정이니 따라

야 한다. 그게 바로 효도다'라는 말도 안 되는 효심을 만들
어냈다. 하지만 알고 있었다. 서수철이 자식 놈에게 부담주
지 않으려고 빠져나갈 구멍을 배려했다는 것을. 여생을 즐
기고 싶다. 네가 막는다면 불효다, 라는 말. 같은 피를 나눈
서로가 매우 잘 알고 있었다. 알고 있지만 말할 수 없는 불
문율과 같았다.

"상 내가라."

서수철이 짧은 대답과 함께 할아버지에게 동네를 소개
해준다며 밖으로 걸음을 옮겼다. 서민수가 상을 부엌으로
가져갔다. 바닥에 쪼그리고 앉아 설거지를 하려는데 아이
가 뒤따라와 그를 거들었다. 그는 아이가 이해하지 못할 거
라는 걸 알았지만 누군가에게 어떻게 해서든 물어야 했다.
아니면 가슴이 터져버릴 것만 같았다.

"나 말이다. 모든 걸 깨달았다. 아버지가 존재한다는 것
에 대한 소중함과 고마움을. 그리고 끝없는 사랑과 배려를
말이다. 나도 아버지를 사랑한다. 그런데 왜 말하지 못하는
것일까? 같이 살자고, 그 돈은 필요 없다고 왜 말하지 못하
는 것일까?"

아이가 말했다.

"아저씨가 말한 대로 자식이니까 그런 것 같아요. 자식은 그런 존재인가 봐요. 아저씨 아빠는 자식을 위해서 살고, 아저씨는 아저씨 자식을 위해서 살아가는 아버지니까."

서수철과 할아버지가 시골길을 걷고 있었다. 할아버지가 아무 말 없는 그를 바라보았다. 그는 벙어리가 된 듯 그저 걸음만 옮기고 있었다.

"저기 모종이 있구려. 잠시 앉았다가 갑시다."

할아버지의 말에 대답도 하지 않고 서수철이 모종으로 다가갔다. 귀뚜라미 소리가 제법 정겹게 들릴 정도로 가을은 그들을 맞이하고 있었다. 모종에 걸터앉은 두 사람은 서로의 손을 찾았다. 공감을 넘어선 절대적인 의지가 서로에게 필요했다. 아비들이 나이를 먹어감에 터득하는 소통법이었다.

"치매……, 얘기하지 않을 거요?"

서수철이 아무 말 없이 덧없는 웃음을 보였다. 할아버지는 한탄스러운 목소리로 구성진 슬픔을 드러냈다.

"얘기할 수 없겠지. 나도 그러하니. 절대 말하지 못할 거요."

서수철이 할아버지의 손에 힘을 전달했다. 할아버지도

비슷한 힘으로 그의 손을 꽉 쥐었다. 눈물이 나지 않기에 손의 힘으로 각자의 슬픔을 표현하고 있었다. 그는 처량하게 말했다.

"자식 앞에서는 늙은 몸뚱이가 아픈 것도 죄요. 그것도…… 치매라면, 죽음보다 더 큰 죄를 자식에게 지는 것이오."

할아버지의 눈시울이 붉어졌다.

"하긴 그러오. 아픈 것도 죄가 되더이다. 죽는 것보다 더 큰 죄가 되더이다. 차라리 죽어버려 삼일 정도 고생시키는 게 훨씬 가벼운 마음일 테요."

아낌없이 주는 나무

　서민수는 다음 날 바로 서울로 향했다. 아버지에게 인사하고 떠나는 아침, 여전히 "건강 챙기세요. 추석 때 뵐게요"라는 짧은 인사만을 남기고 뒤돌아섰다. 아버지는 "그래. 조심히 가라"라는 말로 그를 떠나보냈다. 그는 집이 보이지 않을 때까지 뒤를 돌아보지 않고 걸었다. 분명히 아버지가 자신을 지켜보고 있을 거라는 확신이 부담감이라는 무게를 목에 잔뜩 실어놓았기 때문이다.

　아이는 서민수의 행동에 아무 말도 하지 않았다. 둘이 처음 만났을 때부터 지금까지 함께 지내오면서 가장 긴 침묵의 시간을 보내고 있었다. 기차에 올라서도 침묵은 계속되었다. 네시간 정도 되는 거리인 서울로 올라가면서 아이는 모자란 잠을 청했고 그는 창밖을 바라보며 명상에 잠겼다. 이미 그는 알고 있었다. 왜 아버지에게 쉽사리 다가서지 못하는지. 아버지의 존재를 깨달았지만 아직도 그의 이기적인 마음은 자식이라는 존재가 더 크게 다가왔고 그에 따른 죄의식은 아버지를 어색한 사람으로 만들었다. 자식 때문에 아버지에게 효도할 수 없는 것이다, 라는 속된 말이 그에게 정당성을 부여하려 했다. 가슴은 거부하건만 머리는 제멋대로 받아들이고는 가슴을 설득하고 있었다. 서울에 거의 다다라서야 아이가 잠에서 깨어났다. 아이가 먼저 그에게 말을 건넸다.

"아저씨, 저 서울에서 바로 쉼터로 가요?"

침묵하던 서민수가 드디어 입을 열었다.

"그래. 역으로 마중 나와 있을 거다. 가서 잘 지내라."

서민수가 아이의 머리를 쓰다듬었다. 아이는 서운한 듯 그의 품에 안겼다. 그가 아이를 따뜻하게 감싸주었다.

서민수의 체온을 느끼던 아이가 머리를 들어 그에게 말했다.

"아저씨. 나 아저씨랑 다니면서 많은 걸 배웠어요."

"응?"

"물론 다 알 수 있을 것 같지는 않아요. 그런데 나 말이죠. 한 가지는 느꼈어요. 내가 변하려는 노력은 없었어요. 아버지를 미워하기만 하고 아버지를 미워하는 일은 모두가 당당한 거라 여겼어요. 그런데 정작 나는 바뀌려고 하지 않았어요."

"……."

서민수가 아이의 이야기에 집중했다. 자신도 모르는 답을 아이가 찾았다는 확신이 들었다. 아이는 말을 이었다.

"저는 어머니가 돌아가시고 가족을 창피해했어요. 엄마 없는 집이라는 이야기가 싫었어요. 학교에서 체육대회를 할 때에 아버지가 혼자 오시면 아이들이 내가 엄마가 없는 것을 알게 될까 봐 일부러 오지 못하게 한 적도 있었죠. 아마 아빠는 내가 창피해하고 있다는 걸 알고 있었을 거예요. 그리고 아빠가 다쳤을 때, 나는 아빠와 집 밖에 나가려고 하지 않았어요. 가만히 생각해보니 아빠가 다치고 나서부터 저를 때린 건 아니었어요. 변한 사람은 나였어요. 오히려 내가 아빠의 손을 보기 꺼리고 가까이 다가가지 않았어요. 한번은 내가 밤늦게까지 친구들하고 노느라 들어오지 않자, 아빠가 저를 찾으러 나섰는데 친구들과 함께 아빠와 마주쳤어요. 저는 아빠를 모른 척하고 지나갔죠. 그런 경우가 여러 번 있었던 것 같아요. 그때부터 아빠가 조금씩 술을 찾기 시작한 것 같아요."

서울이 가까워졌다. 아이는 하고 싶은 말이 많은지 조바심을 냈다. 아이가 서민수를 바라보며 급하게 말했다.

"쉼터에 계신 아저씨 친구한테 말씀드릴 거예요. 아빠와 내가 서로 만나서 대화할 수 있는 시간을 충분히 달라고요. 그래서 나와 아빠가 서로 조금만 이해하면 될 것 같아요. 아주 쉬운 문제라는 생각도 들어요. 아저씨 아빠를 보고 알게 되었어요. 아빠들은 자식을 무조건 받아줘요. 그리고 든든한 나무가 되려고 노력해요. 『아낌없이 주는 나무』라는 책 알아요? 나는 예쁜 동화라고 생각했었는데, 지금은 책을 쓴 작가가 아낌없이 주는 나무에 우리 아빠들을 빗대어 쓴 책이라고 생각해요. 나무가 바로 아빠인 거죠. 자식은 아주 간단한 사실 하나만 인정하면 돼요. 책에서 나오는 주인공이 나무를 자신의 나무라 생각했던 것처럼, 나도 아빠를 우리 아빠라고 인정하기만 하면 돼요. 그럼 아저씨가 말한 대로 아빠에게서는 엄청난 의지와 강인함이 생길 거예요."

서민수의 눈에 눈물이 고였다. 조금씩 뺨을 타고 눈물이 주르륵 흘러내렸다. 아버지를 인정하기만 하는 마음가짐 하나만으로 아비는 아비로서의 희생을 억울해하지 않는다, 라는 아이의 이야기가 마음에 와닿았다. 자신이 그랬고 그의 아버지가 그랬다.

아이가 그의 눈물을 옷소매로 닦아주었다. 아이는 자신 있게 말하며 그의 마음을 가볍게 만들어주었다.

"아저씨, 나는 우리 아빠의 자식이에요. 아빠가 나를 책임지는 건 당연한 거예요. 우리 아빠는 나에게 바라는 게 하나도 없을 거예요. 그냥 아빠가 우리 아빠라는 것만 인정해주길 바라고 있을 거예요. 아저씨 아빠도 그렇고 아저씨도 그렇지 않아요? 아저씨는 자식들에게 뭘 바라고 있나요?"

서민수의 얼굴은 울음을 참느라 잔뜩 일그러져 있었다. 아이의 물음에 답을 하게 되면 눈물이 터져 나올까 봐 그는 그저 고개를 절레절레 가로저을 뿐이었다. 아이가 활짝 웃었다.

"『아낌없이 주는 나무』에서 나무의 성장 과정은 나오지 않아요. 왜일까요? 우리는 아빠들의 어린 시절을 함께하지 못했기 때문이에요. 이미 어른이 되어서 우리와 함께했던 아빠들이잖아요. 그래서일 거예요. 나도 아저씨도 아빠에게 원하는 것은. 이미 강한 몸과 마음을 가진 존재로 나를 만났고 아저씨를 만났으니까요. 아저씨 아빠가 할아버지가 되어서도 의지하게 되는 건 어렸을 때부터 이미 길들어버렸기 때문이에요. 세 살 버릇이 여든까지 간다는 말이 있잖아요."

기차에서 안내방송이 흘러나왔다. 곧 서울에 도착한다는 멘트가 사람들을 분주하게 만들었다. 사람들이 서둘러 짐을 챙기는데 유일하게 아이와 서민수만이 움직임 없이 이야기를 나누고 있었다.

*

서수철이 할아버지를 배웅했다. 할아버지는 그를 혼자두고, 돌아서기가 마음에 걸렸는지 한동안 오토바이에 앉아 있었지만 쉽사리 출발하지 못했다. 그는 애써 괜찮은 표정을 보였다. 할아버지는 그의 사소한 행동조차 애처로워 보였다. 담담한 모습으로 그가 말했다.

"어서 가오. 내 추석 끝나고 다시 가겠소."

"수십년을 지켜온 동네인데 괜찮겠소?"

"엎드리면 코 닿을 곳 아니오. 괜찮소."

할아버지의 기분이 영 내키질 않았다. 잔잔한 물결과 같은 감정이 할아버지의 발목을 놓아주지 않았다. 서수철은 끝까지 무덤덤하게 자리를 지키고 서 있었다.

"안되겠소."

할아버지가 오토바이 열쇠를 뽑고 그의 손을 붙잡았다. 서수철은 영문도 모른 채 할아버지를 따라 동네를 걷기 시작했다.

"왜 그러오?"

"오늘 우리 금주 약속은 깹시다. 막걸리 한잔하면서 이야기를 좀 나눠야겠소. 가게가 어디 있소?"

길도 모르는 할아버지는 앞서나가며 동네를 두리번거렸다. 서수철은 끌려가면서도 가게 위치를 설명했다. 그 역시 할아버지가 가고 나면 적적하지 않을까 걱정하고 있던 찰나였다. 워낙 외진 동네이고 사람이 없다 보니 그들이 걸어가는 도중에 마주친 사람은 한 명도 없었다. 마치 그와 할아버지만이 존재하는 세상 같았다. 구멍가게는 그의 집과 얼마 떨어지지 않은 곳에 위치해 있었다. 가게에 들어서자 홀로 라디오를 들으며 낮잠을 청하고 있는 노인이 눈에 띄었다. 할아버지는 들어가자마자 큰소리로 "막걸리 좀 내오시오!"라고 소리치고는 과자를 몇 봉지 집어 들었다. 노인은 놀란 눈으로 벌떡 일어나더니 그를 보고는 아는 체를 했다.

"민수 아비가 대낮부터 무슨 술을 찾소?"

"내 동무가 와서 그러오. 앞에 평상에 앉아 있을 테니 막걸리를 좀 내다주오. 묵은지 좀 있으면 가져다주구려."

할아버지는 벌써 평상에 자리를 잡고 앉아 있었다. 서수철은 노인에게 부탁하고 평상으로 나왔다. 할아버지는 과자 몇 봉지를 뜯어 안주상을 보고 있었다.

"막걸리 마시면 집에는 어떻게 가려고 하오."

"어차피 댁 혼자 사는 집인데 눈치를 볼 게 뭐가 있소? 내일 가면 될 것 아니오."

"허허. 그렇구려. 그럼 내일 가시오."

"내 오늘 신세 지는 턱을 낼 테니 많이 드시오."

"고맙소."

노인이 묵은지와 막걸리를 내왔다. 할아버지는 뭐가 그리 급한지 막걸리를 잘 흔들어서 대접에 가득 따랐다. 그릇에 막걸리가 채워지자마자 할아버지는 건배를 청했다.

"우리의 인생을 위하여!"

할아버지는 큰소리로 외치고 벌컥벌컥 술을 들이켰다. 서수철이 할아버지를 따라 단번에 술잔을 비웠다.

"슬퍼 마오. 어차피 우리 이리 살 거라는 걸 알고 있지 않았소이까. 이미 준비하고 있었던 일인데 뭘 그리 고민하시오. 살날도 얼마 남지 않았으니 즐겁게 서로가 말동무 좀 해주다 곱게 갑시다."

할아버지의 말에 서수철이 농을 던졌다.

"태어난 날은 순서가 있어도 가는 날은 순서가 없다 했소. 내 벽에 똥칠할 때까지는 살아볼 참이오."

"하하! 그렇소? 나도 질 수는 없지. 나랑 같이 똥으로 동양화 그릴 때까지 즐겁게 삽시다."

억지스러운 농담과 억지웃음이라는 걸 서로가 잘 알고 있었다. 농을 던졌지만 서로의 머리에는 하나의 질문이 던져지고 있었다.

'치매가 빨리 진행된다면…… 똥칠하는 건 내일이 될 수도 있는 게 아닌가!'

거짓된 웃음이 금방 사라졌다. 머리에 남아 있는 질문이 순식간에 웃음을 걷어가버리고 걱정을 늘게 한 것이다. 웃으려 해도 웃음이 나지 않았다. 기분 좋으려고 먹은 술은 슬픔의 잔으로 바뀌고 있었다. 할아버지와 서수철은 서로의 잔을 채우고 비우기를 반복했다.

"내 말이 오히려 찬물을 끼얹었소."

서수철이 미안한 듯한 목소리를 냈다.

"아니오. 괜찮소. 우리가 치매인 건 사실 아니오. 걱정하는 게 당연한 게요."

"허허. 참. 분위기가 이상하구만."

서로 별말 없이 술잔만을 찾았다. 말없이 먹는 술은 쉽게 취하기 마련이었다. 안주도 손에 가져가지 않고 급하게 들이부은 술은 벌써 두 병째였다. 점점 취기가 올랐다. 기분이 좋지 않으니 술이 빠르게 온몸으로 퍼져갔다. 두 사람의 얼굴은 붉은빛을 띠기 시작했다. 할아버지가 말했다.

"우리는 나무와 같소."

서수철이 술잔을 넘기다가 할아버지를 바라보았다.

"나무?"

"그렇소. 나무. 자식들이 어렸을 땐 시원한 그늘로 보호해주고, 배고플 땐 열매도 주고, 장가갈 땐 집도 만들어주고. 이제 남은 게 없구려."

"혹시 『아낌없이 주는 나무』란 책을 읽었소?"

"그게 뭐요? 내 책하고는 거리가 먼 사람이오."

"허허! 그렇소? 그 책하고 이야기가 같으오. 아마도 우리 아비들이 느끼는 공통점인가 보오. 읽지 않은 사람들도 그리 말하는 걸 보니."

할아버지가 무슨 말인지 잘 이해하지 못했다. 서수철이 자세하게 설명하기 시작했다.

"나무와 사람이 주인공인 책이오. 유명한 책인데 어린아이에게 그늘도 돼주고 아이가 자라면서 열매도 따게 해주오. 그리고 어른이 된 아이가 나무를 잘라 집도 짓지요. 그런데 아이는 그 뒤로 나무를 찾아오지 않소. 나무는 아이를 기다리지만 끝내 찾아오지 않았다오. 그러다 아이는 할아버지가 되어서 찾아오오. 나무는 잘려나간 자신의 마지막 자리까지 아이에게 의자가 되어 쉬게 해주오."

할아버지가 서수철이 이야기하는 도중에 뭐가 그리 아파오는지 막걸리 두 잔을 단숨에 비워냈다. 그의 이야기가 끝나자 할아버지가 말했다.

"모두가 느끼는 헌신이구려. 아비라면 모두가 느끼는구려. 오래된 책이오?"

"오래됐지요. 아주 오래된 책이지요. 내 젊었을 때 읽었으니.”

“오래전부터 아비의 마음은 똑같았나 보오.”

“그러게 말이오.”

말을 이으려다 서수철이 뜸을 들였다. 할아버지는 머뭇
거리는 그의 다음 말을 기다렸다. 뱉어내려다 삼켜버리기
를 여러 번 반복하는 그에게 할아버지가, “말해보시오”라
고 재촉했다. 그가 어렵게 말문을 열었다.

“내 나무처럼만 살아도 소원이 없겠소. 자식 놈이 늙어서
찾아오더라도, 나를 잊지 않고 찾아준다면…… 내 나무처
럼 다 줘도 소원이 없겠소.”

*

서민수가 아파트 현관에서 머뭇거리기를 여러 번이었다.
손은 쉽게 벨을 누르지 못하고 있었다. 아이를 보내고 돌아
오는 길, 쉽게 발길이 떨어지지 않았다. 아이는 아쉬운 눈
빛으로 그를 바라보았고 그 역시 아이와의 이별이 아쉽기
만 했다. 아이는 “아저씨, 다음에 우리 아빠랑 인사하러 올
게요”라는 고마운 인사를 남겼다. 그는 아저씨가 “종종 찾

아가마. 말 잘 듣고 있어라"라며 아이를 꼭 껴안았다. 그의 친구는 아이의 손을 잡고 사람들 틈으로 재빨리 사라졌다. 그가 뒤를 따라 천천히 걸음을 옮겼다. 몇 번이고 돌아보는 아이에게 손을 흔들며 소리 없이 잘 가라는 인사를 반복했다. 아이도 고개를 꾸벅이며 그의 친구를 따라갔다. 혼자 역에 남겨진 그는 어디로 향해야 할지 갈피를 잡지 못했다. 분명 집으로 가야 하는데 발길은 무겁기만 했다. 잠시 기차역에 앉아 현실을 도피하고 싶은 마음에 전광판을 들여다보았다. 서울을 떠나는 열차는 무수히 많았다. 표를 끊어볼까 했지만 발걸음은 떨어지지 않았다. 아이가 없는 여행길, 동행자가 사라진 목적 없는 여행은 허전한 그를 더욱 공허하게 만들 뿐이었다. 아이를 친구의 손에 들려 보내는 게 아니었는데, 라는 후회가 밀려들어왔다. 며칠만이라도 더 같이 있으면서 현실을 도피하고 싶은 마음이 가득했다. 아이의 뒷모습에 마음이 아파오는 가운데 도망치고 싶은 욕구와 힘겨운 현실까지 더했다. 그의 머릿속은 복잡한 실타래처럼 엉켜 있었다.

서민수가 지하철을 탄 시간은 아이가 그의 친구 휴대전화로 쉼터에 잘 도착했다는 메시지를 보내고 나서였다. 아이는 끝에 그에게 의미 있는 글귀를 남겼다.

내가 아빠를 인정하려고 하잖아요. 아저씨 자식들도 인정할 거
예요. 아저씨! 파이팅!

작은 위로였지만 그의 걸음을 움직이기에는 충분했다.
한걸음, 한걸음, 아이의 응원에 힘입어 아파트 현관까지는
몸을 옮겨왔지만, 이번에는 손이 말을 듣지 않았다. 그는
몇 번의 고민과 갈등 끝에 떨리는 손으로 벨을 눌렀다. 집
에 도착한 지 벌써 삼십분이 넘게 흐른 뒤였다. 그의 아내
가 "누구세요?"라고 묻지도 않고 열쇠 잠금을 해제하고는
급하게 문을 열었다. 그가 "누구인지 확인도 하지 않고 문
을 열면 어떻게 해!"라고 핀잔을 주려는데 아내의 손이 먼
저 그의 가슴으로 날아들었다. 그는 눈앞이 까마득해지는
걸 느꼈다. '알아버렸구나!'라는 본능적인 생각이 그의 입
을 굳게 잠가버렸다. 아내의 손에는 종이가 한 장 들려 있
었다. 아내의 얼굴은 이미 눈물과 콧물 범벅이었다.

"어쩌자고 회사를 나와! 어쩌자고! 미련 곰팅이같이 버텼
어야 할 거 아니야! 어쩌자고 회사를 나와서 이 사단을 만들

어! 애들은 어쩌고! 집은 어쩌고! 나는 어떻게 하라고!"

서민수는 고개를 들지 못했다. 아내의 손찌검은 계속되었다. 아내가 가슴을 향해 손을 내리쳤지만 전혀 아프지 않았다. 이미 더 큰 아픔이 아내의 손찌검으로 느껴지는 아픔을 마비시켜버렸기 때문이다. 아내는 그를 끌어당겨 집 안으로 들어오게 했다.

"왜 그랬어! 왜! 왜 그만뒀냐고!"

아내의 손에 들린 건 건강보험 해지 통지서였다. 아마도 아내는 건강보험이 해지된 것을 알고 회사에 전화를 했던 모양이었다. 안 봐도 빤한 상황이었다.

"어떻게! 한마디 상의도 없이 이럴 수가 있어! 얘기라도 해줬어야 할 거 아니야!"

아내의 고함에 서민수가 기어들어가는 목소리로 말했다.

"말할 시간이나 줬나? 내가 힘들어한다는 걸 이야기할 수 있었냐고……."

서민수의 말에 아내는 더욱 흥분하며 말했다.

"왜 얘기를 못해! 얘기라도 해줘야 어떻게든 살 궁리를 내보든 곰팅이같이 자리를 지키라고 하든 말이라도 하지! 이렇게 무책임하게 그만둬버리면 어떻게 해!"

"얘기하려 할 때마다 당신은 언제나 돈돈 했어. 자식들 뒷바라지 얘기뿐이었지. 내 이야기는 할 수 없었잖아. 무슨 얘기를 해야 할까? '나 회사에서 나가래'라는 이야기? 할 수 있었을 것 같아?"

"그럼! 그럼 언제까지 속이려고 했는데!"

아내의 곧은 소리에 서민수는 지지 않고 소리쳤다.

"들키지 않을 때까지! 알지 못하는 순간까지! 혼자 힘들어하다가 노가다라도 뛰려고 했어! 가족들이 흔들릴 테니까! 지금과 같이 가족들이 두려워서 소리치고 눈물을 흘릴 테니까! 이렇게 나를 원망할 테니까! 나는 고개를 숙인 가장이 돼버려야 하니까! 아무 말 못하고, 나도 서러워 죽겠는데! 나도 억울해 죽겠는데 가족들을 위로하고 걱정 말라며 달래줘야 하니까!"

"……."

아내가 멍하니 서민수를 바라보았다. 그는 한번 말이 터지자 쉴 새 없이, 가슴에나 담았던 서러운 말들을 쏟아내기 시작했다.

"회사에서 쫓겨났다고 누구 하나 위로해줬어? 말하지 않았다고? 지금 알게 되니까 어때? 위로하고 싶어? 아니지?

원망하고 분통하고 두렵기만 하지! 회사에서 쫓겨났다는 말 들었을 때 어땠어? 아! 우리 남편이 쫓겨났구나. 가족인 우리가 안아줘야지, 라고 생각했어? 아니잖아! 지금 당신 행동을 봐! 아니잖아! 그저 모든 게 내 책임이고 미워 죽겠잖아! 그런데 뭘 말해! 뭘 말해야 하는 건데! 내가 쉽게 결정했을 거라고 생각해? 내가 제일 힘들어! 내가 가장 죽고 싶고, 두렵다고!"

서민수가 아내를 뿌리치고 거실을 지나 안방으로 들어갔다. 아무것도 보이지 않는 어둠이 드디어 그에게 찾아들었다. 방 안에 들어선 그가 벽에 몸을 기대고 스르르 주저앉았다. 손으로 머리를 감싸고 흐느끼기 시작했다.

"어떻게 하지. 이제 나는 어떻게 해야 하는 거야. 아버지…… 나 어떻게 할까요?"

*

취기로 가득한 서수철과 할아버지가 서로를 의지한 채 비틀거리며 집으로 향했다. 서글픈 마음에 못 이겨 먹어대던 술에 광대가 들어갔는지 마실수록 절로 흥이 났다. 한

잔 두 잔 들어가면 들어갈수록 자신들의 병마도 농담이 되고 자식들에 대한 이야기도 맛있는 안주가 되었다. 아버지와의 가련한 추억들마저 안주로 곱씹으니 어느새 정신 줄이 흐물흐물 풀려 있었다. 얼마나 기분이 좋았으면 집으로 가는 길에 노랫가락까지 흥얼거렸다. 할아버지는 낄낄대며 그의 노래에 엇박자를 내는 자신의 모습을 발견하고는 배꼽을 잡았다.

"노래 참 잘하오. 내 원래 노래에는 소질이 없소이다. 이해하시오."

"어떠오. 그저 즐거우면 그뿐이지."

할아버지가 갑자기 서수철의 어깨에서 팔을 빼내어 큰 나무 쪽으로 걸어갔다. 서수철이 따라갔다.

"오줌 누려 하오? 나도 시원하게 좀 눠봅시다!"

서수철이 먼저 바지를 내렸다. 할아버지도 그에 질세라 재빨리 지퍼를 열었다.

"오! 댁, 새장가 가도 되겠소. 낄낄낄."

할아버지가 시선을 아래로 향하더니 농을 던졌다. 재빨리 서수철이 말을 받았다.

"내 그렇지 않아도 저번에 봤던 욕쟁이 과부에게 관심이 좀 있수다. 내 댁 동네로 가게 되면 정식으로 소개 좀 해주구려. 새살림을 차려봐야겠소. 크크!"

서로가 통쾌하게 웃었다. 죽어가던 노인들의 동네에 웃음이 퍼져나갔다. 해는 그들의 바지를 내린 모습에 부끄러움을 느끼며 하늘에서 사라지려고 했다. 농담에 흥이 더해졌는지 노랫가락을 부르는 소리가 온 동네에 퍼져나갔다. 그때 서수철의 휴대전화가 소리를 냈다. 술에 취해 누구에게 걸려온 전화인지도 확인하지 않고 전화를 받았다. 어차피 자식 놈이 분명했기에 "어! 아들아!"라고 격앙된 목소리를 전했다. 하지만 그의 기분은 그리 오래가지 않았다. 아들의 목소리가 낮게 깔려 있었기 때문이다.

"아버지. 저 말입니다. 회사에서 쫓겨났습니다. 아버지 아들이…… 제가…… 제가……."

말을 이어가지 못한 아들이 울음을 터트렸다. 서수철이 흥을 걷어내고 차분한 목소리로 말했다.

"기다려……봐라……."

　　　　　　　　　　　*

"여보! 이제 어떻게 할 거냐고! 그렇게 있지 말고 말을 좀 해봐요!"

"기다려봐! 아버지가 기다리라고 했으니까 좀 기다려보라고!"

"아버님이…… 기다려보래요?"

"그래! 그러니까 보채지 말고 기다리고 있어!"

"알겠어요."

　　　　　　　　　　　*

민수야. 어찌 회사에서 쫓겨났단 말이냐! 너와 같이 능력 있는 아이가 어찌 회사에서 쫓겨났단 말이냐! 내 오늘 그런 너의 힘겨움도 모르고 동무와 술을 먹었다는 사실이 원망스럽다. 너는 그리 힘들어 네 어미를 찾아왔을 텐데……. 나는 그것도 모르고 따뜻한 말 한마디 해주지 않았구나!

걱정 마라. 아비가 있지 않느냐! 걱정 말고 있어라! 이 아비가 아직 살아 있지 않느냐! 아비가 있으니 너는 아무 걱정하지 않아도 된다. 아비가 있으니 조금만 기다려보아라. 하늘이 무너져도 솟아날 구멍은 있다. 내 너를 낳았으니 끝까지 책임지겠다. 얼마나 말하기 힘들었느냐! 그리 자존심 강한 녀석인데 회사에서 나가라 할 때 얼마나 아팠겠느냐! 내 적어도 입에 풀칠은 할 수 있게 해줘야 할 텐데, 해줄 수 있는 게 그리 많지 않구나! 그래도 절망하지 마라. 너는 가장이다. 네가 쓰러지면 절대 안 된다!

그래도 아직은 아비가 네 의지가 되고 있구나! 아직은 쓸모 있는 아비구나!

조금만 기다려봐라. 이 아비를 믿고, 조금만 기다려보, 아, 라.

당신을 사랑합니다

추석이 다가왔다. 서수철은 버스에 올랐다. 그의 손에는 큼직한 상자가 들려 있었다. 아들이 좋아하는 떡을 한 아름 담고 있는 소중한 상자였다. 그는 떡이 식을 새라 알을 품듯이 꼭 껴안고 있었다. 곱게 다려 입은 점퍼와 바지는 그가 남겨놓은 한 달 생활비의 대부분으로 장에서 사 입은 옷이었다. 그가 멋을 부리려고 입은 옷이 아니었다. 혹여나 아들이 회사에서 쫓겨나 아비가 빈곤하게 살고 있다는 죄책감을 느낄까 봐 마음을 덜어주려고 큰마음을 먹고 사들인 옷이었다.

며칠 사이 서수철은 바삐 돌아다녀야 했다. 아들에게 해줄 수 있는 능력이 없어서 그는 사돈에 팔촌까지 찾아 돌아다녔다. 다행히도 땅과 집이 팔렸다.

추석을 지내고 서수철은 고향으로 내려오지 않는다. 바로 요양원으로 들어가려고 서류도 미리 다 작성해두었다. 먼 친인척에게서까지 돈을 끌어와 겨우 오천만 원의 현금을 만들었다. 오토바이도 팔았다. 당장 한 달을 살아야 하고 요양원에 입실료를 내야 하는데 돈이 모자랐기 때문이다. 그가 수십년을 타고 다닌 오토바이는 겨우 십오만 원이라는 금액을 받아낼 수 있었다. 집에 남은 팔 수 있는 모든 것을 팔았다. 아내가 남기고 간 유품들, 개중에는 아내가 장모에게 받은 금반지와 은비녀도 있었다. 그는 그리움이라는 사치스러운 감정 따위로 자식을 버려둘 수 없었다. 아무 미련 없이 아내의 모든 물품을 팔아버렸다. 미안한 마음은 들지 않았다. 돈이 생기자, '그래도 이 정도면 아들에게 돈을 부쳐주고 한 달은 생활할 수 있겠구나!'라는 안도감이 그를 위로했다. 그의 점퍼 안주머니에는 두 장의 봉투가 들어 있었다. 손주들에게 줄 용돈이 각각 십만 원씩 들어 있었다. 이 돈을 주고 나면 그가 요양원으로 들어가는 차비와 이십만 원이 통장에 남게 될 뿐이었다. 그래도 마음이 놓였다. 어쩌면 이것이 손주들에게 줄 수 있는 마지막 용돈일지도 몰랐다. 손주들에게 봉투를 건네며 한마디 하려고 했다. "네 아비한테 잘해라"라는 부탁이었다. 어찌 보면 자신의 아들을 잘 봐달라며 주는 뇌물과도 같은 마지막 용돈이었다.

버스가 휴게소를 지날 때, 서수철은 화장실에 가지 않았다. 혹여 떡이 품에서 벗어나면 식어버릴까 해서였다. 버스에서 내리자마자 아들에게 따뜻할 때 먹으라며 한입 먹여주고픈 마음이, 급한 화장실도 참게 만들었다. 고속도로 하행선은 꽉꽉 막혔지만 상행선은 시원하게 뚫렸다. 버스에 탄 사람들도 자신을 포함해 세 사람밖에 되지 않았다. 모두 자신과 같이 나이가 지긋한 사람들이었다. 자신과 똑같은 처지일 것이다. 명절이라고 자식들을 보러 올라가기 위한……

버스는 서수철이 잠시 잠들려는 찰나 터미널에 도착했다. 아들이 나와 있었다. 그를 보고 반갑게 손을 흔들었다. 그는 무덤덤한 모습으로 천천히 버스에서 내렸다. 당장이라도 달려가 "내 새끼야!" 하고 안아주고 싶었지만 아비라는 수식어가 그의 행동을 저지했다. 강한 모습을 잃은 아비는 아비로 살아갈 자격이 없다, 라는 다짐은 세상 모든 아비의 한결같은 생각일 것이다. 그는 아들에게 떡 상자를 건넸다.

"식기 전에 한입 먹어 봐라."

아들의 품으로 들어간 떡 상자는 아직도 따뜻했다.

"아니요. 집에 가서 같이 먹죠. 아버님, 가시죠."

서수철의 마음을 끝내 모르는 것일까? 아들은 고이 품고
온 떡 상자를 들고 주차장으로 향했다. 표현하지 못하는 아
비의 부정과 서운함을 감추고 아들을 뒤따라갔다. 아들이
잠시 기다리세요, 라고 말하고 차를 가지고 와 서수철 앞에
대기시켰다. 그는 뒷자리에 자리 잡고는 아무 말도 하지 않
았다.

아들이 말했다.

"아버지, 고맙습니다. 이번에 저희가 작은 분식점을 냈는
데 장사는 그럭저럭 잘되고 있어요. 다 아버지 덕분입니다."

서수철은 아들의 힘 있는 목소리에 기분이 좋아졌다. 아
들에게 웃음을 들킬세라 고개를 돌려 창밖을 바라보며 말
했다.

"처자식 먹여 살리려면 열심히 해라. 방심하지 말고 죽어
라 노력해라. 그래야 산다. 지금 좀 잘된다고 게을러지면 안
된다. 알겠느냐?"

"예, 아버지. 고맙습니다. 걱정하지 마세요. 자리 잡으면 이제 아버지 저희가 모셔야지요. 용돈도 드리고요."

아들의 말에 서수철은 마냥 행복했다. 말이라도 고마웠다. 정말 그런 삶을 살아간다면 아마도 세상에서 몇 안 되는 호강을 누리는 아비로 눈감을 수 있을 것이다. 하지만 그에게는 시간이 없었다. 요 며칠 사이에 정신을 놓는 날이 잦았다. 일주일에 하루 정도는 뭘 했는지 기억나지 않는 일이 생겼다. 그제는 잠에 빠졌다가 일어났다는 느낌을 받았는데 마루에 앉아 바지에 오줌을 지렸다. 아들의 이야기에 호강을 누릴 수 있는 아비라는 상상은 오래할 수 없었다. 재빨리 흐뭇한 감정을 걷어내고 말했다.

"닭장 같은 곳은 싫다. 자식 놈하고 몇 십년을 살았는데 또 같이 살기도 싫다. 내 그저 동무들과 어울려 막걸리나 즐기며 사는 게 최고의 낙이다. 행여나 그런 생각으로 불효하지 마라."

아들은 아무 말이 없었다. 바로 화제를 돌려 며느리가 새로 개발한 음식이 분식점에서 인기가 있다는 이야기를 자랑삼아 했다.

아들 집에는 손주들이 없었다. 작은 놈이야 군대에 가 있으니 그렇다 치고 큰애가 보이지 않자 서수철은 주위를 두리번거렸다. 며느리가 눈치를 챘는지 입을 열었다.

"어학연수 갔어요. 다음 달에 들어와요. 아버님, 시장하시니 식사 먼저 하세요."

아쉬움을 뒤로 하고 서수철이 식탁에 앉았다. 그가 해온 떡은 누구 하나 손대지 않고 싱크대에 올려졌다.

'그래도 아비는 아비인가 보다.'

맛있는 음식들이 식탁을 빼곡히 차지한 모습에 그나마 위안을 삼을 수 있었다. 그는 위엄 있는 모습으로 숟가락을 들었다. 며느리가 이것저것 챙겨주며 자신의 숟가락에 반찬을 올렸다.

헛살지는 않았나 보다. 서수철은 '자식 하나는 내가 잘 키웠지'라고 생각하며 밥을 먹었다. 많은 이야기를 하고 싶었지만 아비의 입은 쉽게 열리지 않는다. 그는 여러 이야기를 하고 싶었지만 입을 떼지 않았다. 그저 자식이나 며느리가 떠드는 이야기를 듣고 있을 뿐이었다.

아들과 며느리는 가게 이야기에 열을 올렸다. 고맙기는 했나 보다. 연달아 고맙다는 말을 입에 달았다. 하지만 서수철이 원하는 이야기는 가게 이야기가 아니다. 자신에게 이야기할 수 있는 기회를 아들과 며느리에게 얻고 싶었다. 그는 간절히 질문이 던져지길 기다렸다.

"몸은 괜찮으시지요?"

"요즘 식사는 어떻게 하세요?"

"아버지, 최근 뭐하시면서 시간을 보내세요?"

"동네 어르신들과는 자주 보세요?"

"요양원은 어디에요?"

"어디 가고 싶은 데 있으세요?"

질문을 하려고 마음먹으면 얼마든지 할 수 있을 텐데 하나같이 가게 이야기나 손주들 이야기뿐이다. 서수철은 그래도 호기심이 생긴다는 표정으로, 밥을 천천히 먹으며 이야기를 다 들어 주었다. 혹시 자식이 못난 아비 때문에 불편해하지는 않을까 하는 걱정이 그가 듣고 싶은 물음을 들었으면 하는 욕구를 잠재우고 있었다.

아침 차례 상을 차리고 절을 올리고 났더니 서수철은 할 일이 없어졌다. 집에 그냥 있기도 편하지 않았다. 이제 가게를 운영하는 아들에게 달력의 빨간색으로 표시된 숫자는 무의미해졌다는 것을 매우 잘 알고 있었다. 차례를 올리고 밥을 먹고 나서 그가 서둘러 갈 차비를 했다. 아들이 그가 차비를 차리는 모습을 보고는 다가와 물었다.

"벌써 가시게요?"

"내 오늘 동무들과 약속이 있다. 빨리 내려가봐야 할 것 같다."

"그래도 하루 더 있다가 가세요."

"아니다. 가봐야겠다. 미안하다. 니들도 어서 가게 나가 봐라. 하루라도 더 벌어야지."

"아녜요. 하루 더 있다가 가세요."

"됐다. 빨리 터미널 갈 차비나 해라."

서수철은 고집을 꺾지 않았다. 아니, 마지막 자존심이었다. 아들이 먼저 넌지시 가길 바랄까 하는 두려움이 만들어낸 아집이었다. 그것보다 중요한 건 자신의 치매 증상을 아들 내외 앞에서 보이는 게 싫어서였다. 아비로서 절대 보여서는 안 된다는 걸 잘 알고 있었기에 그는 걸음을 재촉해야 했다.

아들은 두번 말하지 않았다. 차 키를 가지고 그를 마중할 준비를 서둘렀다. 며느리가 덩달아 따라 나왔다. 붙잡는 시늉조차 하지 않고 "그래도 아버님 배웅은 해야지요" 하면서 터미널까지 동행하겠다고 고집을 부렸다.

서수철은 그래도 며느리까지 배웅을 해주니 '내 자식 하나는 잘 키웠다'라고 자신을 위안하는 주문을 외웠다.

터미널에 도착하자마자 어제부터 혹시라도 잊을까 손바닥에 적어놓았던 '손주들 용돈 전달'이라는 문구를 실행에 옮겼다. 서수철은 점퍼 안주머니에서 봉투를 두 장 꺼내 며느리에게 전달했다.

"아비한테 잘 하라고 해라. 내 이만 간다."

"아버님. 뭘 이런 걸 다 주시고 그래요. 괜찮아요."

한사코 거부하는 며느리의 손에 서수철이 억지로 봉투를 구겨 쥐어주었다.

"됐다. 이만 가마. 건강해라."

버스에 오른 서수철에게 아들 내외가 아쉬운 작별을 고했다. 그는 애써 시선을 외면하며 강인한 모습으로 앞만을 응시했다. 투박한 벨소리가 울렸다. '아들 내외인가?'라는 기대감에 재빨리 발신자를 확인했다. 그의 동무인 할아버지였다. 그가 목소리를 높여 전화를 받았다.

"어이! 동무. 추석에 어인 일이오?"

"서울에서 잘 보내고 있나 해서 전화해봤소이다. 어떠시오?"

"잘 얻어먹고 있소이다."

"손주들은?"

"손주들하고 장기도 두고 바둑도 두고, 잘 보내고 있소이다."

"언제 오시오?"

"내 내일 일찍 요양원에 들어가려 하오. 오늘 가려는데 하루 더 있다 가라는 통에 붙잡혀 있소이다."

"허허. 그래도 자식 놈이 도리를 하긴 하는구려. 우리 큰 놈은 오늘 저녁에 간다 하오. 연휴가 짧아서 내일 가면 피곤하다고 저녁에 가서 좀 쉰다고 하더구려. 못된 놈. 제 아비 보러 잘 오지도 않는 녀석이 말이오."

"허허! 그래도 내려온 게 어딥니까. 전화비 많이 나오니 내일 통화하시구려."

"그럽시다. 조심히 내려오시오. 내려오면 우리 누이 된장찌개나 좀 얻어먹읍시다."

"좋소! 아들놈만 아니면 당장 내려가고 싶소. 허허! 그럼 이만 끊소."

서수철이 요양원 근처 여인숙으로 향했다. 집으로 갈 수도 없었다. 요양원에 전화를 해보니 오늘은 추석이라 담당자가 없어서 입실이 안 된다는 통보를 받았다. 추석, 그는 허름한 여인숙을 돌아다녔다. 다섯 군데를 돌아다녀 다른 곳보다 오천 원이 싼 곳에 몸을 누였다. 배가 고파 터미널에서 내리자마자 사서, 먹다 남은 김밥으로 저녁을 대신했다. TV를 틀어 보니 한복을 입은 연예인들이 나와 즐거운 추석 명절을 즐기고 있었다. 그의 휴대전화가 울렸다. 그가 TV 소리를 크게 틀고 전화를 받았다. 아들이었다.

"웬일이냐?"

"잘 들어가셨어요?"

"내 지금 동무들과 술 한잔하고 있다. 나중에 통화하자."

"네. 아버지 도착하셨으면 전화라도 좀 주시지 그러셨어요."

"일 없다. 내가 어린애도 아니고. 끊자."

"예. 아버지 조만간 찾아뵙겠습니다. 아! 요양원이 어디라고 하셨죠?"

"젊은 놈이 그리 정신머리 없이 살아서 어찌하려고 하냐. OO요양원이다."

"다음 주에 들를게요."

"됐다. 자식들이나 잘 챙겨라. 내 바쁘다. 나중에 통화하자."

전화를 끊은 서수철의 눈가가 촉촉해졌다. 그는 TV를 보며 중얼거렸다.

"그래도 걱정은 되나 보네. 전화도 하고……. 내 자식 잘못 키우지는 않았구면."

내가 누구요?

서수철의 치매는 빠르게 진행되었다. 추석을 기점으로 두 달이 지나면서 제정신을 찾는 날이 거의 없었다. 할아버지와 할머니가 매일 찾아와 말동무를 해주었지만 그의 머리는 모든 기억을 지워버리고 말았다.

삼개월이 지나면서 서수철은 대소변을 가리지 못할 정도로 심하게 악화되었고 자신을 알아보지 못하는 지경에 이르렀다. 이름도, 나이도 잊은 채 살아갔다. 장난감을 가지고 놀며 또래 할머니를 보고 엄마라고 불렀고, 할아버지를 보며 아빠라고 부르는 날이 많아졌다.

할아버지가 어김없이 문병을 왔다. 서수철이 벽에 붙은 도화지에 낙서를 하고 있었다. 할아버지가 그에게 다가가 말을 걸었다.

"약속 지키고 있는 걸 보이 좋구먼. 아직 색깔 연필로 낙서를 하고 있으니 벽에 똥칠하며 그림 그릴 때까지는 사시오."

"어? 아부지!"

서수철이 어린아이처럼 할아버지에게 안겼다. 할아버지는 귀찮아하거나 당황하지 않고 그를 보듬었다.

"아부지가 그리 그립소? 힘든 순간이면 아버지가 제일 먼저, 그리고 마지막으로 떠오른다더니 댁 말이 다 맞는 것 같소이다."

"아부지! 그림 그리자!"

서수철이 크레파스를 할아버지에게 건넸다.

"아예 이제 어린아이가 됐구려. 내 조만간 댁하고 이리 살지도 모르겠소. 어제 그제 못 온 이유가 말이오……."

할아버지가 말끝을 흐렸다. 서수철은 할아버지의 말에 신경도 쓰지 않고 열심히 그림을 그려댔다. 할아버지가 억지로 말을 꺼내려 했다. 목소리가 심하게 떨렸다.

"내 똥오줌을 쌌소이다. 잠시 잠든 것 같았는데 말이오. 정신이 들어 보니 옷에 오줌을 지리고 똥을 쌌더이다."

할아버지의 주름진 얼굴을 타고 눈물이 흘러내렸다. 할

아버지의 말을 전혀 듣지 않는 서수철이었다. 할아버지가 그의 등을 가볍게 두드렸다. 그가 낙서를 멈추고 할아버지를 돌아보았다.

"우리 다 잊어도 서로 이름을 기억해둡시다. 알겠소?"

"나 아부지 이름 알아."

천진난만한 서수철의 모습에 할아버지는 장난기가 발동했다.

"내 이름이 뭐요?"

"서병훈."

"그건 댁 아버지 이름 아니오. 그럼 댁 이름은 뭐요?"

"내 이름?"

"그렇소. 댁 이름 말이오."

"내 이름?"

"왜? 모르오?"

"알아."

"이름이 뭐요?"

"나? 민, 수, 아, 비."

『기억을 잇다』를 탈고한 날 2017년 4월 20일.

2008년 4월 20일에 첫 작품이 나왔으니 이제 9년차 소설가가 되었다.

그동안 참 많은 일이 있었다. 1년에 세 작품을 출판한 적도 있었고 2년 동안 글 쓰기가 두려워서 도망치기도 했다. 그러면서 어느새 나는 데뷔 9년차 작가로 성장해 있었다.

열 편의 장편소설을 선보였다. 그중에 세 작품이 영화 원작이 되었다. 앞으로 두 작품이 더 영화로 새롭게 옷을 입을 예정이다.

스물여섯, 흔들리고 흔들리는 나이에 데뷔했다. 사실 데

뷔는 무척이나 기쁘면서도 짓눌리는 부담감을 안겨주었다. 나이를 먹고 글에 친숙해지며 경력이 쌓여가면 점차 나아질 줄 알았는데, 아니었다. 독자들은 예전 작품보다 더 나은 작품을 원했다. 기존 작품과 비슷한 수준이면 어김없이 채찍질이 이어졌다.

나이를 먹을수록, 글이 친근해질수록, 경력이 쌓여갈수록 알 수 없는 무게감이 더욱 나를 짓누르고 있었다. 3개월이면 충분히 썼던 소설 한 편을 이제는 6개월, 1년은 집필에 매달려야 완성할 수 있다. 하루에 5시간 정도의 글쓰기를 하던 나는 서른다섯이 된 지금 하루에 8시간가량 집필실에 갇혀 지내고 있다. 글이라는 감옥에 나 자신을 가둔 어리석은 어른으로 성장해버린 것은 아닐까?

최근의 일이었다. 어김없이 나는 집필실이라는 새장 안에 갇혀 자유의 날개를 펴지 못한 채 움츠리고 있었다. 주 3회씩 연재하는 소설의 원고를 쓰느라 매일매일 피를 말렸다. 작가가 된 후 처음으로 내가 무엇을 쓰고 있었는지도 모를 만큼 뒤죽박죽된 원고를 보느라 이틀을 깨어 있기도 했다.

커피머신기의 원두가 다 떨어지고 수년 전 끊은 담배의 지독한 금단증상이 다시 되살아나기도 했다. 짜증이 감당하기 힘든 분노로 변질될까 봐 염려스러운 하루하루였다.

결국 쓰던 원고를 전부 삭제했다. 구년차 작가가 되다 보니 이럴 때는 푹 자거나 잡다한 생각을 지울 한 가지 집착할 것이 필요함을 자연스럽게 깨달을 수 있었다.

이리저리 이메일을 뒤져보다가 아주 오래전에 쓴 낡은 원고를 발견했다.

나는 집착할 만한 소재를 찾은 듯해서 무심코 원고를 열어보았다. 소설이 화면에 뜨자마자 나는 이것이 내 기억 상자를 열 만한 귀한 열쇠임을 직감했다. 작품 파일이 열리자 내 기억도 함께 열렸다.

이 소설을 쓸 때 나는 어땠나.

지금에 비해 확실히 필력은 부족했다. 화려한 문체를 쓰거나 기교를 부릴 줄 몰랐다. 하지만 나는 소설을 읽어 내려가면서 많은 부분을 되돌아볼 수 있었다.

지금 나는 화려한 문장과 미사여구를 쓰는 실력은 늘었다. 대신 화려한 문장과 미사여구를 쓰기 위해 내 가슴속에 있는 진정성을 외면했다.

작가다운 작가로, 소설가다운 소설가로 살수록 삶의 중심으로 여겼던 열정과 희망은 죽어갔다.

이 작품은 내가 탄생시킨 열 작품 중에 가장 순수한 나를 담고 있다. 가장 열정적이고 희망이 가득했던, 독자를 신앙처럼 진정으로 섬기며 위했던 내 모습을 그릴 수 있는 작품이다.

내가, 우리가 되찾고 지향해야 할 모든 마음과 바람이 담겼기에 매우 소중하다.

소재원

기억을 잇다

© 소재원, 2017

초판 1쇄 인쇄일 2017년 5월 29일
초판 1쇄 발행일 2017년 6월 7일

지은이   소재원
펴낸이   정은영
책임편집   유지서
마케팅   이경훈 최금순 한승훈 정주원 최예원
제작   이재욱

펴낸곳   (주)자음과모음
출판등록   2001년 11월 28일 제2001-000259호
주소   04083 서울시 마포구 성지길 54
전화   편집부 (02)324-2347, 경영지원부 (02)325-6047
팩스   편집부 (02)324-2348, 경영지원부 (02)2648-1311
이메일   munhak@jamobook.com

ISBN 978-89-544-3781-3 (03810)

이 도서의 국립중앙도서관 출판시도서목록(CIP)은 서지정보유통지원시스템 홈페이지
(http://seoji.nl.go.kr)와 국가자료공동목록시스템(http://www.nl.go.kr/kolisnet)에서
이용하실 수 있습니다.(CIP제어번호: CIP2017012082)